CB074279

K.

B. KUCINSKI

K.
Relato de uma busca

5ª reimpressão

COMPANHIA DAS LETRAS

Copyright © 2011, 2016 by Bernardo Kucinski
1ª edição Expressão Popular, 2011
2ª edição Expressão Popular, 2012
3ª edição Cosac Naify, 2014

Grafia atualizada segundo o Acordo Ortográfico da Língua Portuguesa de 1990, que entrou em vigor no Brasil em 2009.

Capa
Alceu Chiesorin Nunes

Revisão
Carmen T. S. Costa
Huendel Viana

Dados Internacionais de Catalogação na Publicação (CIP)
(Câmara Brasileira do Livro, SP, Brasil)

Kucinski, Bernardo
K. : relato de uma busca / B. Kucinski. São Paulo : Companhia das Letras, 2016.

ISBN 978-85-359-2763-4

1. Ficção brasileira I. Título.

16-04327   CDD-869.3

Índice para catálogo sistemático:
1. Ficção : Literatura brasileira 869.3

Todos os direitos desta edição reservados à
EDITORA SCHWARCZ S.A.
Rua Bandeira Paulista, 702, cj. 32
04532-002 — São Paulo — SP
Telefone: (11) 3707-3500
www.companhiadasletras.com.br
www.blogdacompanhia.com.br
facebook.com/companhiadasletras
instagram.com/companhiadasletras
twitter.com/cialetras

Às amigas, que a perderam;
De repente,
Um universo de afetos se desfez

Conto ao senhor é o que sei e o senhor não sabe; mas principal quero contar é o que eu não sei se sei, e que pode ser que o senhor saiba.

Guimarães Rosa, *Grande sertão: veredas*

Acendo a história, me apago a mim. No fim destes escritos, serei de novo uma sombra sem voz.

Mia Couto, *Terra sonâmbula*

Sumário

As cartas à destinatária inexistente, 13
Sorvedouro de pessoas, 16
A queda do ponto, 26
Os informantes, 30
Os primeiros óculos, 38
O matrimônio clandestino, 41
Carta a uma amiga, 46
Livros e expropriação, 49
Jacobo, uma aparição, 53
A cadela, 60
Nesse dia, a Terra parou, 63
A abertura, 65
A *matzeivá*, 73
Os desamparados, 79
Imunidades, um paradoxo, 83
Dois informes, 86
Baixada Fluminense, pesadelo, 90

Paixão, compaixão, 95
Um inventário de memórias, 108
A terapia, 113
O abandono da literatura, 125
O livro da vida militar, 129
Os extorsionários, 135
A reunião da Congregação, 141
As ruas e os nomes, 149
Sobreviventes, uma reflexão, 154
No Barro Branco, 157
Mensagem ao companheiro Klemente, 163
Post Scriptum, 168

Agradecimentos, 169

Caro leitor:
Tudo neste livro é invenção,
mas quase tudo aconteceu.
B. Kucinski

As cartas à destinatária inexistente

De tempos em tempos, o correio entrega no meu antigo endereço uma carta de banco a ela destinada; sempre a oferta sedutora de um produto ou serviço financeiro. A mais recente apresentava um novo cartão de crédito, válido em todos os continentes, ideal para reservar hotéis e passagens aéreas; tudo o que ela hoje mereceria, se sua vida não tivesse sido interrompida. Basta assinar e devolver no envelope já selado, dizia essa última carta.

Sempre me emociono à vista de seu nome no envelope. E me pergunto: como é possível enviar reiteradamente cartas a quem inexiste há mais de três décadas? Sei que não há má-fé. Correio e banco ignoram que a destinatária já não existe; o remetente não se esconde, ao contrário, revela-se orgulhoso em vistoso logotipo. Ele é a síntese do sistema, o banco, da solidez fingida em mármore; o banco que não negocia com rostos e pessoas e sim com listagens de computador.

A destinatária jamais aceitará a proposta mesmo não havendo cobrança de anuidade, mesmo podendo acumular pontos de milhagem e usar salas VIP nos aeroportos, tudo isso que ela teria mas não terá, *tudo isso que quase não havia quando ela existia e que agora que ela não existe lhe é oferecido; inventário de perdas da perda de uma vida.*

É como se as cartas tivessem a intenção oculta de impedir que sua memória na nossa memória descanse; como se além de nos haverem negado a terapia do luto, pela supressão do seu corpo morto, o carteiro fosse um Dybbuk,* sua alma em desassossego, a nos apontar culpas e omissões. Como se além da morte desnecessária quisessem estragar a vida necessária, esta que não cessa e que nos demandam nossos filhos e netos.

Por que meu antigo endereço? Imaginei que num daqueles momentos incertos de fugas e dissimulações, de esquinas dobradas às pressas, ela tivesse dado ao banco o meu endereço para não ter que dar endereços outros, genuínos mas proibidos; fiquei imaginando em que etapa da tragédia em gestação isso aconteceu, que outro endereço possuía ela então, ou que outros endereços no plural, pois, como depois vim a descobrir, eram muitos, achando que com isso ludibriaria o destino.

De fato, não eram lares, lugares de criar filhos e receber amigos; eram antimoradas, catacumbas de se enfurnar por meses, como os cristãos em Roma, ou apenas semanas ou dias, até que alguém caía e recomeçavam as escapadas, a busca frenética de novo esconderijo.

Por isso ela teria fornecido não o endereço de sua catacumba do momento, e sim o da casa em que eu, minha mulher e meus filhos vivemos durante trinta e três anos; onde hoje mora o filho mais velho e meu neto, e onde tenho meu escritório, minha mulher tem sua horta e seu ateliê e meu neto tem seus dois cachorros e seus brinquedos.

Só então me dei conta de que se tivesse vendido essa casa, como

---

* Na mitologia judaica, o Dybbuk é a alma insatisfeita que se cola a uma pessoa, em geral para atormentá-la. A palavra vem do hebraico *Devek*, que significa "cola".

tantas vezes cogitei, teria perdido as referências de metade da minha vida. Só então entendi o filho mais velho que disse não, essa casa não é para vender nunca. Para ele, essa casa é o lugar da totalidade de suas lembranças.

Mas não foi o que aconteceu. Essa casa ela nunca conheceu. Fiz a contagem dos tempos e descobri que já haviam transcorrido seis anos de seu desaparecimento, quando compramos a desgastada casa de velhos imigrantes portugueses. Não, ela nunca conheceu a nossa casa. Nunca subiu os degraus íngremes do jardim da frente. Nunca conheceu meus filhos. Nunca pôde ser a tia de seus sobrinhos. Eu sempre lamentei em especial essa consequência de tudo o que aconteceu.

Se ela não tinha esse endereço, quem o deu ao sistema? Mistério. Como teria seu nome se colado ao meu endereço, nessa nebulosa da internet, na qual nada é deletado? O mais provável é que eu mesmo tenha associado nome a endereço; será quando requeri a declaração de ausência? Será quando pedi ao advogado que desse trâmite ao espólio? Será quando exigi da universidade a revogação do ato ignóbil de sua expulsão por abandono de função? Nunca saberei quando isso aconteceu. Sei que as cartas à destinatária ausente continuarão a chegar.

O carteiro nunca saberá que a destinatária não existe; que foi sequestrada, torturada e assassinada pela ditadura militar. Assim como o ignoraram antes dele, o separador das cartas e todos do seu entorno. O nome no envelope selado e carimbado, como a atestar autenticidade, será o registro tipográfico não de um lapso ou falha do computador, e sim de um mal de Alzheimer nacional. Sim, a permanência do seu nome no rol dos vivos será, paradoxalmente, produto do esquecimento coletivo do rol dos mortos.

São Paulo, 31 de dezembro de 2010

Sorvedouro de pessoas

A tragédia já avançara inexorável quando, naquela manhã de domingo, K. sentiu pela primeira vez a angústia que logo o tomaria por completo. Há dez dias a filha não telefona. Depois, ele culparia a ausência dos ritos de família, ainda mais necessários em tempos difíceis, o telefonar uma vez por dia, o almoço aos domingos. A filha não afinava com sua segunda mulher.

E como não perceber o tumulto dos novos tempos, ele, escolado em política? Quem sabe teria sido diferente se, em vez dos amigos escritores do iídiche,* essa língua morta que só poucos velhos ainda falam, prestasse mais atenção ao que acontecia no país naquele momento? Quem sabe? Que importa o iídiche?

* O iídiche é falado pelos judeus da Europa Oriental e teve seu apogeu no início do século xx, quando se consolidou sua literatura; sofreu rápido declínio devido ao Holocausto e à adoção do hebraico pelos fundadores do Estado de Israel.

Nada. Uma língua-cadáver, isso sim, que eles pranteavam nessas reuniões semanais, em vez de cuidar dos vivos.

Associava o domingo à filha desde quando lhe trazia regalos no dia da feira. Súbito, lembrou rumores da véspera, no Bom Retiro; dois estudantes judeus da medicina teriam desaparecido, um deles, dizia-se, de família rica. Coisa da política, disseram, da ditadura, não tinha a ver com antissemitismo. Também sumiram outros, não judeus, por isso a Federação decidira não se meter. Esse era o boato, talvez nem fosse verdade; pois não diziam quem eram os rapazes.

Foi o rumor que o fez inquieto, não foi o domingo. Passou o dia discando um número de telefone que a filha lhe dera para urgências, mas o toque ecoava solitário. Sem resposta, nem à uma da madrugada, quando ela deveria estar de volta mesmo que tivesse ido ao cinema, de que tanto gostava, decidiu procurá-la no dia seguinte na universidade.

Naquela noite sonhou ele menino, os cossacos invadindo a sapataria do pai para que lhes costurasse as polainas das botinas. Despertou cedo, sobressaltado. Os cossacos, lembrou-se, haviam chegado justo no Tisha Beav,* o dia de todas as desgraças do povo judeu, o dia da destruição do primeiro templo e do segundo, e também o da expulsão da Espanha.

Sem saber o que temer, mas já temendo, e sem acordar a mulher, tirou o Austin da garagem e dirigiu rumo ao campus da universidade, distante na planície, do outro lado do emaranhado de arranha-céus. Conduzia devagar, demorando-se ao atravessar o centro, como se não quisesse chegar nunca; os

---

* Literalmente, o nono dia do mês de Av do calendário judaico, considerado maldito.

sentimentos alternando-se entre a certeza de encontrá-la trabalhando normalmente e o medo do seu contrário. Por fim, atingiu o Conjunto das Químicas, onde estivera uma única vez, havia anos, quando a filha defendera seu doutorado perante um grupo de professores de semblantes severos, alguns deles formados ainda na Alemanha.

Ela não veio hoje, disseram as amigas. Hesitantes, olhavam de soslaio umas para as outras. Depois, como se temessem a indiscrição das paredes, puxaram K. para conversar no jardim. Então revelaram que havia onze dias que ela não aparecia. Sim, com certeza, onze dias, contando dois finais de semana. Ela, que nunca deixara de dar uma única aula. Falavam aos sussurros, sem completar as frases, como se cada palavra escondesse mil outras de sentidos proibidos.

Insatisfeito, agitado, K. queria ouvir outras pessoas — quem sabe os superiores da filha tinham alguma informação? Se ela tivesse sofrido um acidente e estivesse hospitalizada decerto teriam contatado a universidade. As amigas alarmaram-se. Não faça isso. Por enquanto, não. Para dissuadi-lo, moderaram a fala, pode ser que ela tenha viajado, se afastado por alguns dias por precaução. Desconhecidos andaram perguntando por ela, sabe? Há gente estranha no campus. Anotam chapas de carros. Eles estão dentro da reitoria. Eles quem? Não souberam responder.

Persuadido a não procurar as autoridades universitárias, K. dirigiu em agonia do campus até um número da rua Padre Chico, que a filha lhe dera havia tempos, com a recomendação de só a procurar nesse endereço se acontecesse algo muito grave e ela não atendesse ao telefone. Um absurdo ele não ter questionado isso de só visitar se for grave, de só telefonar se for urgente. Onde ele estava com a cabeça, meu Deus?

Era um sobradinho geminado, dando diretamente para a rua, espremido entre uma dezena do mesmo tipo. Ao pé da porta, folhetos e jornais empoeirados denunciavam ausência prolongada dos moradores. Ninguém atendeu seus apertos inquisitivos de campainha.

Pronto, estava instalada a tragédia. O que fazer? Os dois filhos, longe, no exterior. A segunda esposa, uma inútil. As amigas da universidade em pânico. O velho sentiu-se esmagado. O corpo fraco, vazio, como se fosse desabar. A mente em estupor. De repente, tudo perdia sentido. Um fato único impunha-se, cancelando o que dele não fosse parte; fazendo tudo o mais obsoleto. O fato concreto de sua filha querida estar sumida há onze dias, talvez mais. Sentiu-se muito só.

Passou a listar hipóteses. Quem sabe um acidente, ou uma doença grave que ela não quisesse revelar. A pior era a prisão pelos serviços secretos. O Estado não tem rosto nem sentimentos, é opaco e perverso. Sua única fresta é a corrupção. Mas às vezes até essa se fecha por razões superiores. E então o Estado se torna maligno em dobro, pela crueldade e por ser inatingível. Isso ele sabia muito bem.

K. rememorou cenas recentes, o nervosismo da filha, suas evasivas, isso de chegar correndo e sair correndo, do endereço só em último caso e com a recomendação de não passá-lo a ninguém. Atarantado, deu-se conta da enormidade do autoengano em que vivera, ludibriado pela própria filha, talvez metida em aventuras perigosíssimas sem ele desconfiar, distraído que fora pela devoção ao iídiche, pelo encanto fácil das sessões literárias.

Ah, e o erro de ter se casado com aquela judia alemã só porque ela sabia cozinhar batatas. Malditos os amigos que o convenceram a se casar de novo. Malditos sejam todos. Ele, que nunca blasfemava, que tolerante aceitava as pessoas como elas eram, viu-se descontrolado, praguejando. Pressentiu o pior.

Pelo telefone, o amigo escritor, também advogado, orientou-o a dar queixa na Delegacia de Desaparecidos, embora advertindo que de nada adiantaria, era uma obrigação formal de pai. Ditou-lhe o endereço, na Brigadeiro Tobias, sede central da polícia. K. perguntou se ele ouvira falar do sumiço de dois alunos judeus da medicina. Sim. Era verdade. Já fora procurado por uma das famílias. E o que ele ia fazer? Nada. Nas prisões de motivação política, os tribunais estavam proibidos de aceitar pedidos de habeas corpus. Não há nada que um advogado possa fazer. Nada. Esta é a situação.

Na polícia fizeram ao velho poucas perguntas. A maioria dos desaparecidos eram adolescentes que fugiam de pais bêbados e padrastos que espancavam. K. explicou que a filha era professora da universidade em grau de doutora, era independente e morava só. Tinha seu próprio carro; não seria alguma coisa política?

Não quis se abrir com o delegado, apenas insinuou. Por isso também não lhe deu o endereço da Padre Chico, deu o seu como sendo o dela e o da loja como se fosse o seu. Sem perceber, K. retomava hábitos adormecidos da juventude conspiratória na Polônia. O delegado de plantão não gostou da conversa. Em casos políticos, estava proibido de se meter. Mas, condoído, registrou a queixa. Ele que esperasse e não falasse mais em política.

Procurar? Não, a polícia tinha mais o que fazer; uma professora universitária, de quase trinta anos, adulta e vacinada. Ele que esperasse, uma circular com a fotografia chegaria a todas as delegacias. Se ele não fosse avisado em cinco dias, podia tentar o Instituto Médico Legal, para onde encaminhavam corpos não identificados de vítimas de atropelamentos e outros acidentes. Disse isso constrangido.

Assim começou a saga do velho pai, cada dia mais aflito, mais maldormido. No vigésimo dia, depois de mais uma incursão inútil ao campus e à casa da Padre Chico, recorreu aos amigos do círculo literário; os mesmos que por descontrole havia amaldiçoado. Quem sabe conheciam alguém que conhecesse alguém outro, na polícia, no Exército, no SNI, seja onde for dentro daquele sistema que engolia pessoas sem deixar traços. Com exceção do advogado, eram uns pobretões que não conheciam ninguém importante. O advogado mencionou vagamente um líder da comunidade do Rio que tinha acesso aos generais. Tentaria saber mais.

K. passou a contabilizar a duração da ausência da filha, outro preceito dos tempos da juventude. E não passava um dia sem que tentasse algo pela filha. Já não fazia outra coisa. Para dormir, passou a tomar soporíferos. Quando se completaram vinte e cinco dias, reuniu coragem e foi ao Instituto Médico Legal.

Falou da inexplicável ausência da filha, sem mencionar política. Mostrou sua foto de formatura, solene. Depois mostrou outra, diferente, ela magra e de olhar sofrido. Não, os funcionários não associavam aquele rosto a nenhum dos poucos cadáveres femininos, todos negros ou pardos. Quase todos, indigentes. Para dizer a verdade, deve fazer mais de ano que não chega aqui um corpo não identificado de mulher branca.

K. saiu do IML aliviado; mantinha-se a esperança de encontrá-la viva. Mas as fotografias do álbum dos indigentes e desconhecidos o deprimiram. Nem na época da guerra na Polônia deparara com rostos tão maltratados e olhos tão arregalados de pavor.

Foi então que, obcecado, passou a abordar fregueses que vinham pagar a prestação na loja, vizinhos da avenida, e até desconhecidos. A todos contava a história da filha. E seu fusquinha também sumiu, ele enfatizava. A maioria ouvia até o fim em silêncio, depois davam-lhe eventualmente um tapinha nas costas encurvadas e diziam: eu sinto muito. Alguns poucos o interrompiam já no início, alegando hora marcada no médico, ou um pretexto parecido como se ouvir já os colocasse em perigo.

No trigésimo dia do sumiço da filha, K. leu no *Estado de S. Paulo* uma notícia que se referia, embora de modo discreto, a desaparecidos políticos. O arcebispo havia convocado uma reunião com "familiares de desaparecidos políticos".

Estava escrito assim mesmo: "familiares de desaparecidos políticos".

K. nunca entrara num templo católico, tal o estranhamento nele provocado pela penumbra silenciosa das igrejas e pelas imagens de santos, que vislumbrava por entre vãos de porta. Tinha pelo catolicismo repulsa atávica, à qual somava desprezo pelas práticas religiosas todas, inclusive as do seu próprio povo. Na verdade, não era das pessoas e suas crenças que ele não gostava, era dos sacerdotes, fossem padres, rabinos ou bispos; ele os tinha como hipócritas. Mas, naquela tarde, nada disso importava. Uma autoridade importante, um arcebispo, ia falar sobre as estranhas desaparições.

Ao entrar no salão central da Cúria Metropolitana, K. sentiu o quanto o sumiço da filha já o havia mudado. Foi com simpatia que contemplou a imagem barroca da Virgem Maria situada no saguão, e outras de santos que desconhecia, postadas nos cantos. Quando chegou, a reunião já começara. Havia sessenta pessoas ou mais nas cadeiras bem mais numerosas dispostas no salão. Quatro senhores sisudos que pareciam advogados coordenavam o encontro, sentados em forma de meia-lua de frente para o público; uma freira escrevia num grande caderno.

Falava uma senhora de muita idade, talvez passando dos noventa, franzina, miúda, de óculos na ponta do nariz e cabelos brancos; seu marido voltava do exílio por Uruguaiana, chegou até um ponto de encontro pré-combinado, do lado de cá da fronteira, e desapareceu por completo, sem deixar vestígio, como se tivesse evaporado ou anjos o tivessem alçado aos céus. Um dos filhos tentou rastrear seus passos, foi a todos os hospitais, delegacias, estações de ônibus de Uruguaiana e nada, nenhum sinal. O filho, ao lado, corroborava o relato.

Depois falou outra senhora, de seus cinquenta anos, que se apresentou como esposa de um ex-deputado federal. Dois policiais vieram à sua casa, pedindo que o marido os acompanhasse à delegacia para prestar alguns esclarecimentos. Ele foi tranquilo, pois embora seu mandato de deputado tivesse sido cassado pelos militares, levava vida normal, tinha escritório de advocacia. Desde então, havia oito meses, nunca mais o viram. Na delegacia disseram que ele ficou apenas quinze minutos e foi liberado. Mas como? Como poderia ter desaparecido assim por completo? Essa senhora, muito elegante, estava acompanhada de quatro filhos.

Mais relatos de sumiços; todos queriam falar. E queriam ouvir. Queriam entender. Talvez do conjunto de casos surgisse uma explicação, uma lógica, principalmente uma solução, uma maneira de pôr fim ao pesadelo. Uma jovem de não mais que vinte anos pediu para falar em nome de um grupo sentado à sua volta, "familiares dos desaparecidos do Araguaia", disse ela. K. pela primeira vez ouvia alguém falar do Araguaia; ficou sabendo que muitos rapazes tinham sido presos pelas Forças Armadas no meio da floresta amazônica e executados lá mesmo.

O que trazia aquele grupo à reunião era algo insólito. O Exército alegava que nada disso tinha acontecido, apesar de um dos presos, apenas um, ter escapado e testemunhado tudo. Os familiares queriam enterrar seus mortos — que eles já sabiam mortos, mais de cinquenta, diziam, sabiam até a região aproximada em que foram executados, mas os militares insistiam que não havia corpo nenhum para entregar.

Um rapaz encontrou-se com a esposa no Conjunto Nacional para almoçarem juntos e os dois nunca mais foram vistos. À medida que falava, a mãe do rapaz mostrava aos vizinhos de assento as fotos do filho, da nora e do netinho. Um senhor levantou-se, disse que viera de Goiânia especialmente para a reunião. Seus dois filhos, um de vinte anos e o outro de apenas dezesseis, foram desaparecidos. Esse senhor gaguejava, parecia em estado catatônico. Foi o primeiro a usar a expressão "foram desaparecidos". Também trazia fotos dos filhos. Depois dele, K. tomou coragem e contou a sua história.

Já havia caído a noite e os relatos prosseguiam. Variavam cenários, detalhes, circunstâncias, mas todos os vinte e dois casos computados naquela reunião tinham uma característica comum assombrosa: as pessoas desapareciam sem deixar vestígios. Era como se volatilizassem. O mesmo com os jovens do Araguaia, embora estes já se soubesse estarem mortos. A freira anotava caso por caso. Também recolhia as fotos trazidas pelos familiares.

K. tudo ouvia, espantado. Até os nazistas que reduziam suas vítimas a cinzas registravam os mortos. Cada um tinha um número, tatuado no braço. A cada morte, davam baixa num livro. É verdade que nos primeiros dias da invasão houve chacinas e depois também. Enfileiravam todos os judeus de uma aldeia ao lado de uma vala, fuzilavam, jogavam cal em cima, depois terra e pronto. Mas os *goim** de cada lugar sabiam que os seus judeus estavam enterrados naquele buraco, sabiam quantos eram e quem era cada um. Não havia a agonia da incerteza; eram execuções em massa, não era um sumidouro de pessoas.

---

* Plural de pessoa não judia; o singular é *gói*.

A queda do ponto

Lá fora segue a vida inalterada: senhoras vão às compras, operários trabalham, crianças brincam, mendigos suplicam, namorados namoram. Ali dentro, no pequeno apartamento quarto e sala, instaura-se no casal o pânico. Fremem de ambos as mãos, agora incertas. O diálogo é assustado, os olhos evitam se olhar. Transpiram, exalando desgraça. A queda do ponto naquela manhã só se explica pela delação. Há um informante entre eles, um traidor ou um agente infiltrado, alguém muito próximo a eles dois, entre os poucos que restaram.

Passaram-se apenas duas horas; as instruções são claras e peremptórias. Na queda do ponto considerar a hipótese pior, o companheiro não resistirá à tortura e entregará alguma informação. Não há tempo nem calma para o inventário preciso do que o outro sabia ou não sabia. Nesse caso, dizem também as instruções, adotar a hipótese pior — o outro tudo sabia.

Felizmente ele fora duplamente precavido. Ou será que

já suspeitava? Postara-se uma hora antes numa área recuada, distante da praça, de onde podia observar sem ser observado. E testemunhara os agentes disfarçados chegando um a um, posicionando-se nos quatro cantos, no centro, nas laterais. Pelo menos dez deles.

Depois, viu quando o contato se aproximou, cabisbaixo, pisando torto, corpo inquieto, quando sentou-se no banco previamente combinado e iniciou os cinco minutos de espera, nunca mais que cinco minutos, mandam as normas de segurança.

Ele próprio não esperou os cinco minutos. Bastou o que tinha visto. Uma armadilha. Tudo indicava que o próprio enlace se prestou a isca. Mas o traidor podia ser outro. Ele era um coordenador de área. O comando regional também sabia do reatamento do ponto.

O que fazer? Meses antes, quando o chefe caiu, a solução teria sido simples. Teria bastado aceitar a derrota e suspender a luta. Recolher tudo. Poupar-se para embates outros, no futuro. Esta manhã a solução já não é fácil, embora o caminho seja o mesmo, o único e menos complicado do que parece. Reconhecer a derrota. Pronto, acabou. Perdemos. Não tem mais luta. Queimar os papéis, abandonar os planos, destruir as pistas, ignorar todos os pontos, não atender telefone, cortar os contatos. Mas vão se passar décadas até os raros sobreviventes admitirem em retrospecto que a única saída era aceitar a derrota.

Naquele momento, reclusos e solitários no quarto e sala, o casal não vê esse caminho; não pensam assim. Ainda avaliam graus de perigo. O companheiro que caiu sabe seus codinomes, pode entregar fragmentos de informação que levem a nomes, cenas, locais, datas. Tentam lembrar se seguiram as regras de segurança no telefonema. Sim, fixaram na fala um dia posterior ao verdadeiro dia do encontro e a hora igualmente posterior. Sempre mencionar um dia depois e uma hora depois, diz a norma de segurança.

Precisam se apressar. Pode haver um segundo traidor, que teria aberto o ponto. Um que caiu e um que traiu. Ou ambos são um só ou são dois perigos distintos. A qualquer momento um deles os poderá entregar. Se forem rápidos, talvez consigam salvar a metade normal de suas vidas, ou seja, a própria vida.

O casal possui documentos legais, empregos estáveis, famílias, amigos, pais e mães e irmãos. A metade não clandestina de suas vidas duplas está intacta. Basta abandonar a metade secreta, deletar — como se diria hoje, usando esse neologismo tão expressivo —, não por covardia, por sabedoria. Para se preservar. Sobreviver na derrota seria, isso sim, uma vitória. Mesmo não sendo possível deletar, havia sempre o recurso de se refugiar num buraco qualquer, num sítio, numa embaixada, no arcebispado. Desde que assumissem a derrota. A chave da solução era assumir a derrota, dar a luta por encerrada.

Mas ambos perseveram. Não agem com lucidez. Não os guia a lógica da luta política, e sim outras lógicas, quem sabe a da culpa, a da solidariedade, ou do desespero. Numa pequena maleta de executivo, depositam os dois passaportes falsos, forjados de modo rudimentar, os planos de uma ação que jamais ocorrerá porque a guerra já está perdida, um revólver e alguns cartuchos talvez nem adequados àquela arma e o pacto pré-nupcial, firmado para tentar isolar cada um dos riscos do outro.

Numa sacola maior, de lona, despejam documentos arduamente elaborados de denúncia, os que consideram mais valiosos. A lista dos duzentos e trinta e dois torturadores, que jamais serão punidos, mesmo décadas depois de fartamente divulgada, mesmo décadas após o fim da ditadura; os manifestos dos presos políticos, o dossiê das torturas, o relatório prometido à Anistia Internacional. E também a pasta de recortes de jornais sobre os hábitos e rotinas de empresários apoiadores dos centros de tortura. Não sabem que, exceto o já justiçado, todos eles morrerão de morte natural, rodeados de filhos, netos e amigos, homenageados seus nomes em placas de rua.

E os dois mimeógrafos expropriados de um centro acadêmico? Terão que ser abandonados. Assim como os livros, as dezenas de livros de história, teoria marxista e economia, o manual da guerrilha urbana do Marighella, o livro de Debray, as cartilhas de Marta Harnecker, e os imprevisíveis livros de Nietzsche propondo a força irredutível da vontade individual contra a moral dominante.

Lá fora a vida segue como sempre: o produto interno bruto a crescer; as mulheres a fazer compras, os meninos, a brincar; mendigos, a suplicar; e namorados, a se beijar. O casal pode tentar a sobrevivência, para retomar a luta depois, em outras condições, em outros termos. Mas não. A última tarefa de ambos é a inserção da pequena cápsula de cianureto num vão entre dentes. Há tempos firmaram a jura de não se deixarem pegar vivos, para não entregar companheiros sob tortura. As cápsulas de cianureto não estão no manual de conduta.

Os informantes

Além do mundo que se vê e nos acalma com seus bons-dias boas-tardes, como vai tudo bem, há um outro que não se deixa ver, um mundo de obscenidades e vilanias. É nele que vicejam os informantes. Não fosse o sequestro da filha, K. nunca teria percebido esse outro mundo tão perto de si. No entanto, eles sempre ali estiveram, sorrateiros, os informantes da polícia. A começar pelo educado Caio, de tez pálida e gestos afeminados, que há anos redecora as vitrines, movendo-se com leveza entre os manequins, levando nos lábios cerrados os alfinetes do ofício que se vê.

Assim que chegou para a redecoração de inverno, K. o abordou. Há cinco semanas a filha está sumida, diz. Cinco semanas, repete, ignorando o como vai tudo bem. Arrasta-o ao seu refúgio nos fundões da loja. Ali, forçado a sentar, o decorador rende-se ao monólogo dramático do velho, que à sua frente gesticula, incessante. Ao fim, Caio diz com educação, pesaroso, sinto muito. E depois, vamos às vitrines.

Mas, terminado o trabalho, o decorador o convida a um café. Na padaria, rente ao balcão, segreda-lhe que tem amigos na polícia. Diz, importante, que seu ofício o leva às lojas dos sírios do Brás, dos judeus do Bom Retiro, dos alemães do Brooklin; o governo interessa-se bastante por esses estrangeiros. Acompanham tudo, diz. Promete ajudar. Vai tentar descobrir se a filha está presa e, caso positivo, para onde a levaram.

Espantoso, Caio informante da polícia. Surpreso e pressuroso, K. escreve o nome e a idade da filha num guardanapo de papel. Professora de química na Universidade de São Paulo, acrescenta.

No dia seguinte, aparece na loja o Amadeu, dono da padaria. Pede para ver uma camisa. Português e judeu se conhecem há vinte anos. Enquanto finge examinar a camisa, o português fala da padaria, de como é penoso permanecer horas seguidas de pé no estrado do caixa. Só assim, diz ele, tem a visão de toda a padaria. Ele percebera os cochichos do Caio no balcão, e concluíra que se tratava da desaparição da filha, de domínio público em toda a avenida.

Uma boa padaria, continua o português, não é só lugar de comprar pão, é um clube, um ponto de encontro, como as farmácias do interior. O senhor sabe quantas conversas rolam no balcão? Na minha padaria passam duas mil pessoas por dia e mais de três mil aos sábados e domingos. As padarias são muito úteis à polícia, explica Amadeu. Diz que vai tentar descobrir se a filha estava presa. Pediu os dados da menina e voltou à padaria — sem levar a camisa.

Se o Caio e o Amadeu são informantes, espias devem

estar em toda a parte, raciocinou K., perplexo. É verdade que quando chegou ao Brasil em 1935, fugido da polícia polaca, os patrícios o alertaram contra os espias de Getúlio, *zei zainen umetum*, eles estão em toda a parte, advertiram em iídiche. Mas isso foi na época do fascismo. E eis os espias de novo em toda a parte.

Ou sempre estiveram? Começa a achar que sempre estiveram; o governo podia usar ou não as informações, mas os informantes nunca pararam de informar. Se fosse um governo maligno, como o de Getúlio, usava; se fosse benigno, usava menos. Pois o Getúlio não descobriu o esconderijo da Olga e de tantos outros através dos informantes? O que ele fez com a Olga foi repugnante.*

De pensamento em pensamento, chegou ao dono da farmácia do Bom Retiro, um rapaz com tanta vocação para a delação que, aos vinte anos de idade, já era o informante de referência dos judeus de São Paulo. K. conhecera o pai, já falecido, químico formado em Vilna** e apreciador da literatura iídiche. Morreu envergonhado do filho alcaguete, embora o rapaz fosse bem tolerado na comunidade porque ajudava muito judeu sem documento fugido do nazismo e não cobrava caro; patrício que se metia em encrenca a ele recorria para negociar uma saída honrosa com a polícia. K. questiona-se por não o ter procurado logo que deu com a falta inexplicável da filha.

É quando telefona o Caio, o decorador. Sua filha foi pre-

---

* Olga Benario Prestes, esposa do líder comunista Luís Carlos Prestes, extraditada para a Alemanha nazista, onde foi morta num campo de extermínio.
** Capital da Lituânia, com grande população judaica, a maioria confinada no Ghetto de Vilna durante a ocupação alemã e exterminada pela fome.

sa sim. Só consegui isso. Depois de amanhã vou saber mais. Não me telefone, eu telefono. Na mesma tarde, Amadeu manda um empregado avisar que a encomenda está pronta. K. entende. Vai à padaria e, num momento sem fila no caixa, chega perto e pergunta alto quanto é a encomenda. Amadeu sussurra: foi presa, só sei isso. Daqui uns dias vou saber mais. K. exulta; ela está viva; não iam dizer está presa se já estivesse morta. Os dois disseram a mesma coisa. Sente um alívio maior do que palavras poderiam expressar. Agora é esperar que descubram onde ela está.

Mas, dois dias depois, pela manhã, o português manda chamá-lo e cochicha que houve um engano, ela nunca esteve presa, nunca, repete com ênfase. O português parece assustado. No mesmo dia telefona Caio e pronuncia as mesmas palavras, como se estivesse repetindo uma mensagem-padrão. Foi engano, ela nunca esteve presa; nunca, repete com ênfase. E desliga sem esperar resposta.

Como interpretar a reviravolta? Uma farsa, é claro. Mentem. Uma farsa escabrosa. Mentem agora, não antes, quando disseram que ela foi presa. K. sente-se mal; de novo a sensação de vazio interior, desaba na cadeira. Já são mais de cinco semanas. Ele sabe que cada dia sem notícia reforça o mau presságio. Volta a se lembrar do farmacêutico. Já sabe por que ainda não o procurara: fora contaminado pelo desgosto do pai com o filho informante.

No dia seguinte bem cedo K. vai à farmácia. O informante logo o reconheceu, embora K. tivesse subitamente envelhecido. Já sabia do sequestro da filha; todo o Bom Retiro sabe. Leva-o ao reservado das injeções e lá ouve o relato amargurado do velho judeu acrescido de mais um enigma: por que primeiro dizem que está presa e depois desdizem?

O farmacêutico sabe por quê, mas nada diz. Passa a discorrer genericamente, como quem ministra uma aula, explica que muitos jovens judeus envolveram-se em subversão, o que reavivou nos serviços secretos o velho mito do judeu-bolchevique. A comunidade assustou-se e decidiu separar tarefas, mesmo porque do lado do governo também houve uma separação; da subversão cuidam os militares, a polícia só ajuda. Ele continuava com os velhos assuntos da polícia, os comunistas da Casa do Povo, os judeus sem documentos e as atividades sionistas no Brasil; são outros que tratam da subversão; nessa área, ele enfatiza, nada do que eu sei fazer adianta: amizade, família, influência de gente importante, troca de favor, nada.

"Tem um rabino em São Paulo e um dirigente da comunidade no Rio de Janeiro que mantêm contatos com os generais. Mas, pelo que sei, é inútil. Para o senhor ter uma ideia, nem dinheiro adianta. Nem dinheiro", ele repete. "Ninguém escapa."

O farmacêutico escreve algo num papel e passa a K., afinal o homem fora amigo do seu pai: "Talvez este aqui possa ajudar", diz. "É logo ali, uma galeria, a uns cem metros do lado esquerdo. Não diga quem o mandou."

A galeria é estreita, de dois pavimentos. Apontam a K. o dono, um rapaz de calças jeans e tênis. K. o aborda e se apresenta, muito rápido. O jovem se surpreende, logo se recobra, pega K. pelo braço, e o conduz à rua devagar; diz que a loja é barulhenta, não dá para conversar. Na rua diz para K. caminhar enquanto fala: ele está ouvindo. Teme os empregados da loja, avalia K. Lembrou-se das amigas da filha empurrando-o para o jardim.

Percorrem a José Paulino até o fim, e voltam pela calçada oposta, K. falando, o informante escutando. Vez ou outra, o informante olha de soslaio para trás e duas vezes interrompe K. tentando descobrir quem o mandara. Mas K. não abre, sabe que é um teste. Se revelar, perderá a confiança desse outro. Ao fim, o informante pede o telefone de K. e diz para ele esperar. Não promete nada, mas vai tentar. Que nunca mais o procure. Eu o procurarei.

K. avalia, pela sagacidade do farmacêutico e pelos modos do dono da galeria, que o Caio e o Amadeu eram diletantes, não sabiam no que estavam mexendo. No seu íntimo transtornado, o enigma dos recuos vai se autodecifrando implacável. Sente, com nó no peito, que algo escabroso aconteceu, a ponto de assustar e fazer recuar as pessoas que queriam ajudar — sente que sua filha foi tragada por um sistema impenetrável, diferente de tudo o que ele havia conhecido, mesmo na Polônia. A explicação do farmacêutico o impressionou.

Dois dias depois, o sujeito da galeria telefona. Para se identificar menciona o passeio na José Paulino. Diz a K. que sua filha está em Portugal, para onde fugiu há mais de um mês. E desliga. Impossível, avalia K. Mentira feia. A filha não o faria sofrer assim. Mesmo não podendo contatar o Brasil, de Portugal poderia se comunicar com parentes em Israel, ou com o irmão na Inglaterra, com quem se correspondia.

Na semana seguinte chega à loja pelo correio um pacote cilíndrico de Portugal endereçado a K. com o nome da filha como remetente, escrito à mão. Contém cartazes políticos da Revolução dos Cravos. Não é a escrita da filha, ele logo vê. A letra da filha é ligeiramente inclinada para a direita e uniforme, de traços elegantes, como num exercício de caligrafia. Montaram uma farsa. Um teatro para me torturar. Estão todos mancomunados, esses informantes. É uma rede sórdida, que vão todos para o inferno, *zoln zei ale guein in dred arain*, prague ja em iídiche.

Repassou preocupado o que havia revelado aos ouvidos traiçoeiros dos informantes. Os mais perigosos eram os mais prestimosos, como o Caio, que ouviam até o fim e prometiam. Ficaram sabendo pelo próprio K. onde ele já estivera procurando a filha, com quem conversara, se tinha amigos importantes, se tinha contatos no exterior, para que entidades mandara cartas de apelo ou de denúncia, quem era o seu advogado, se alguém o estava ajudando. E muitos outros pedaços de informação. Como fui burro, *ich bin gevein a groisser idiot*, concluiu K. em iídiche: eu fui um grande idiota.

Ainda se remoía de culpas quando telefona seu amigo escritor e advogado. Um general ia recebê-lo a pedido do tal dirigente da comunidade judaica do Rio de Janeiro. A oportunidade não deveria ser desperdiçada. E passou-lhe o endereço e a hora marcada. O general o receberá à noite. K. já nem sabia se ainda tinha esperanças, depois de tanto engodo, e do tempo já tão longo da desaparição. Mas o general não o receberia para dizer algo que um pai não pudesse ouvir.

Naquela noite, no Clube Militar, à medida que subia os degraus de mármore branco talhados em forma de pétalas, que conduziam ao andar superior, K. observava a imponência da construção, com suas linhas neoclássicas. Lembrou-se subitamente de outra escadaria em outros tempos, em Varsóvia, igualmente em mármore e também no estilo neoclássico, que ele galgara aos saltos, ainda jovem e valente, para indagar o paradeiro de sua irmã Guita, presa num comício do partido que ajudara a fundar, o Linke Poalei Tzion.* Alarmou-o a emergência da lembrança, que julgava soterrada sob os escombros da memória.

K. tinha trinta anos quando foi arrastado pelas ruas de Wloclawek,** acusado de subversão pela polícia polaca. Por isso, emigrou às pressas, deixando mulher e filho, que só se juntariam a ele no Brasil um ano depois. Foi solto na condição de emigrar, além da propina coletada pelos amigos de militância. Sua irmã, Guita, cinco anos mais velha, não tivera a mesma sorte. Morreu tuberculosa no frio da prisão.

A imagem repentina de Guita puxou a do delegado que o expulsara do topo da escadaria de Varsóvia aos gritos de que sua irmã nunca fora presa, de que teria fugido para Berlim, isso sim, com algum amante.

Ainda pensava em Guita quando chegou ao general, que o recebeu de maus modos. Mandou-o sentar com rispidez. Reclamou que ele estava espalhando na comunidade judaica acusações pesadas e sem fundamento contra os militares. E se sua filha fugiu com algum amante para Buenos Aires? O senhor já pensou nisso?

---

* Literalmente: Partido dos Trabalhadores de Sion de Esquerda, dissidência à esquerda do Poalei Tzion, partido sionista de orientação marxista criado no início do século xx na Europa Oriental, depois que o Bund, partido comunista judeu, rejeitou o sionismo.

** Pequena cidade do oeste da Polônia, onde se deu o primeiro massacre organizado da população judaica pelas tropas alemãs na invasão da Polônia.

Os primeiros óculos

"Ficou bonita", comentou K., ao contemplá-la de óculos. Ela nada disse, embora um observador atento talvez notasse um fugaz crispar em seus nervos da face. Era como se não tivesse escutado. Deveria ter trazido a amiga Sarinha quando veio com o pai encomendar as lentes e escolher a armação. Agora era tarde, recriminou-se.

A menina tinha catorze anos; acabara de provar os óculos que escolhera com o pai na semana anterior e haviam sido entregues naquela tarde. Eram os seus primeiros óculos.

Mesmo sentando-se na primeira carteira da classe, vinha enxergando mal parte do que se escrevia na lousa. Tinha que cerrar as pálpebras para distinguir letras e números miúdos. Havia tempos se queixava, mas a mãe não dera importância.

Um dia pegou o ônibus errado e precisou voltar oito quarteirões a pé. Confundira o Vila Diva com o Vila Paiva. Só então, assustado, o pai a levou ao oftalmologista, que diagnosticou dois graus de miopia na vista direita e um grau na vista esquerda.

A menina pediu à mãe para acompanhá-la à ótica e ajudar a escolher uma armação que combinasse com seu rosto, longo e fino. Mas a mãe estava cansada e com enxaqueca. Sempre com enxaqueca. Vá com seu pai, disse.

Desde que perdera o seio direito, na extração de um câncer da mama, a mãe quase não saía. Antes, visitava as amigas com frequência, orgulhosa de seu porte elegante, seu rosto moreno, harmonioso, de nariz aquilino bem talhado, e seus cabelos negros ondulados.

Agora, saía apenas em algumas sextas-feiras, disfarçando o peito seco com um enchimento, mas sem visitar ninguém. Ia ao Bom Retiro comprar, anônima, uma porção de halvah, um pão de centeio ou um arenque defumado. Embora se mantivesse bela e elegante, perdera cabelos com a quimioterapia.

Quando engravidou da filha, depois de dois filhos homens, já era uma mulher triste; a comissão enviada pelos judeus de São Paulo para investigar os boatos assustadores sobre o que acontecera na Polônia havia regressado confirmando o pior. Sua família, como a maioria dos judeus de Wloclawek, havia sido dizimada. Todos. Os pais, os irmãos, os tios e sobrinhos. Por isso, as cartas pararam de chegar logo nos primeiros dias da invasão alemã, e não por causa dos bloqueios da guerra. Nem o seu primo Moses escapou, embora tivesse ido para a França. A comissão também confirmou a deportação e extermínio dos judeus franceses. O câncer na mama apareceu logo depois desse relatório.

Na ótica, o pai escolheu uma armação robusta e não muito cara. Não por sovinice. Nem por desconsideração à filha, sua predileta *Main teier techterl* — minha filhinha querida, ele dizia aos amigos do círculo literário —, mas por não confiar naquelas armações italianas, tão finas. Óculos eram para corrigir a visão. Tinham que ser resistentes, não quebrar por um descuido qualquer.

Seu encantamento com a caçula o impedia de perceber que ela não nascera graciosa. Nas vezes em que ia buscá-la na saída do ginásio, perguntava às colegas: vocês viram aquela menina loira, a mais bonita da classe?

As colegas sorriam complacentes. A filha tinha feições angulosas, lábios finos e cabelos escorridos, de um amarelo pálido. Era alta e magra. A mais culta da classe, certamente, e muito querida também por sua afetividade e companheirismo. Mas seu encanto, todo especial, vinha de dentro, do espírito, não de uma boniteza de boneca. Toda sua expressão concentrava-se nos olhos, que, de um azul triste, revelavam um interior imenso e inquieto.

Para o pai, com qualquer armação de óculos a filha era a mais linda das meninas do colégio. Um anjo de formosura, ele também dizia. E depois, K. não tinha muito tempo. Havia deixado o sócio sozinho na loja e estavam no começo do mês, quando havia mais movimento.

Ao chegar à casa, a mãe ainda se queixava de dor de cabeça.

"Como você ficou feia", ela disse ao ver a menina de óculos. "Agora não tem mais jeito."

A filha nada respondeu, nem suas feições se alteraram, embora um observador treinado talvez percebesse no seu rosto um fugidio crispar de nervos. Era como se não tivesse escutado.

O matrimônio clandestino

Quando aquela moça se aproximou na reunião dos familiares dos desaparecidos e se apresentou, eu sou a cunhada da sua filha, K. percebeu a vastidão da outra vida, oculta, da filha. Ela até se casara sem ele saber; tinha marido, uma cunhada, sogros. O marido também estava desaparecido. Mais esse susto no colar de tantos espantos, descobrir que outra família também chorava sua ausência, não como filha, como nora, e ele agora também teria que chorar uma segunda desaparição, a do genro, e mais, de netos que poderia ter, mas não terá — embora disso naquele momento ele ainda não soubesse.

Foi então conhecer esse mundo inesperado que a filha criara e lhe sonegara, ansioso por saber mais, por descobrir seus cenários, compartilhar amigos que eventualmente fizera, naquela cidade morta do interior, conhecer seus *machatunes*,* seus compadres. Certamente para lá ia tantos domingos.

---

* *Machatunes* no código judaico é o parentesco que se estabelece entre os pais dos cônjuges. Algo próximo a "compadres".

Descobriu que o companheiro de sua filha, esse genro que ele nunca conheceu, desde muito jovem foi um obcecado pela política. Viu seus livros, uma biblioteca inteira de pregação revolucionária. De um primo do genro, uma espécie de faz-tudo do casal, que por isso sabia coisas que o resto da família ignorava, ficou sabendo que estavam envolvidos na luta clandestina, embora levando vida legal. O genro pertencia à cúpula de uma dessas organizações, segredou esse primo. K. passou a se perguntar o que os teria aproximado. Gostaram-se através da política, ou primeiro se apaixonaram, e depois uniram-se também na luta clandestina?

Mas a pergunta que realmente o afligiu era se a filha teria sido poupada caso o marido não fosse um revolucionário. Um dilema moral: deveria odiá-lo, por ter arrastado sua filha a uma morte estúpida, ou honrá-lo, por ter enriquecido sua vida?

E até que ponto ele de fato a envolveu na luta clandestina, ou, ao contrário, tentou preservá-la, alertá-la dos riscos, mantê-la distante, mas ela teria se recusado a não acompanhá-lo à luta, tão perigosa? Essas perguntas ficarão para sempre sem respostas. Nem se saberá com precisão, mesmo décadas depois, como foram sequestrados e mortos. Naquele momento, K. concluiu que eram perguntas inúteis. Se viviam juntos, ele não teria como mantê-la imune aos riscos.

Em que momento a filha se engajou? E de que modo? Teria sido aos poucos, como extensão não muito pensada da vida em comum do casal, ou teriam antes discutido em profundidade? Surpreendera-o a revelação de sua militância política, embora fosse tradição de família; sempre a vira como a filhinha sensível que lia poemas, que gostava muito de cinema e pouco de política. Mas, uma vez revelado esse ativismo, de modo trágico, entendeu as razões do segredo. Razões elementares de segurança. Ele também adotara esse procedimento nos tempos de sua militância clandestina na Polônia. Segurança não apenas dela e seu marido, principalmente dele, o pai, e dos irmãos.

O que ele não conseguia entender era a clandestinidade do casamento.

Teria sido por mero vício fazer tudo às escondidas? Não fazia sentido. A começar pelo fato de não precisarem se casar, bastava viverem juntos. Por que o papel formal? Por que casar e ao mesmo tempo esconder o casamento?

Ambos levavam vida legal, trabalhavam em empregos estáveis, seus documentos eram genuínos, tinham conta em banco e caderneta de poupança, ao mesmo tempo viviam a militância clandestina, com codinomes, e endereços de se esconder e guardar documentos da luta clandestina.

Já que decidiram pelo matrimônio formal — por razões jamais esclarecidas —, por que o situaram na camada clandestina de suas vidas e não na sua superfície legal? Para K., um mistério. Casaram-se às escondidas como se fosse um delito, uma obscenidade, ou mais uma conspiração; talvez sua filhinha querida temesse aborrecê-lo revelando que se casara com um *gói*, um rapaz de família não judia.

Mas K. era um liberal, sua geração rebelou-se contra a religião, era a geração do Iluminismo. Embora judeu até o âmago, nunca expressara esse tipo de discriminação. Pois o seu filho do meio não se casara com uma japonesa? E seu irmão mais velho, quando viuvou, não se casara com uma portuguesa? E seus sobrinhos, vários deles, casaram-se com não judias. E ele sempre tratara todos com igual carinho.

Mesmo assim, pode ter faltado coragem à filha para revelar seu casamento com um gói; de fato seria a primeira mulher da família toda a não se casar com um judeu. Tanto assim que do lado do genro o casamento era conhecido, embora sem alarde. Receberam-na como nora querida, e muitas vezes ela os visitou no interior. Sentiu-se mortificado por essa revelação.

A filha confiara na outra família, não nele. Para a outra família o casamento não fora secreto, apenas discreto. Havia nisso um significado maior, teria ela sinalizado uma troca de famílias? Esse pensamento o machucava. Teria sido uma resposta ao seu segundo casamento com aquela alemã que a filha detestava? Ou à sua devoção tão intensa à língua iídiche? Uma língua que nem ela nem os irmãos sabiam falar, aliás, por culpa dele, que não se preocupou em os ensinar.

Essa hipótese somava mais culpas à sua culpa.

Mas nada disso explica eles se casarem às escondidas, voltava ele a raciocinar. Casamento oculto é uma contradição, um paradoxo, pois a função do casamento é justamente dar publicidade à formação de uma nova família, à mudança no estatuto de dois jovens. Por isso os casórios são espalhafatosos. Se não é para proclamar, não é preciso o casamento, basta viverem juntos. Mistério.

Talvez a explicação esteja no pacto pré-nupcial, encontrado por K. O pacto determina a total separação de bens entre os dois. Estranha preocupação materialista num casal revolucionário. Além disso, casam-se já prevendo a separação, pois do contrário o contrato não seria necessário.

Pressentiam uma separação forçada, talvez, se um deles fosse preso pelos órgãos de segurança? É possível. Faz sentido.

Não que tivessem bens de grande valor. As poupanças e um fusquinha, isso era tudo. E os livros, é claro. Muitos livros.

Depois de matutar muito, K. convenceu-se de que a única razão para se casarem formalmente, na situação de risco em que viviam, era para diminuir o próprio risco. Como? Tendo a posse de um documento legítimo de casados. Podiam com isso firmar contratos de aluguel sem levantar suspeitas, registrar-se em hotéis sem levantar suspeitas, refugiar-se em pousadas, em caso de urgência, sem levantar suspeitas. Poderiam, se necessário, tirar passaportes e viajar para o exterior juntos, como marido e mulher, fugir sem levantar suspeitas.

Imaginar que poderiam ter feito isso, mas não o fizeram. Era o que mais doía.

Carta a uma amiga

Querida:

Ontem assisti de novo ao Anjo exterminador, *do Buñuel, que tínhamos visto juntas nos bons tempos do Bijou. Lembra? Decidi te escrever. Fazia tempo que não ia ao cinema. Mal tenho saído da minha toca. Eu que gosto tanto de cinema virei uma reclusa. Da Química volto direto para casa. Tenho evitado encontros com os amigos. Só mesmo as saídas para almoçar na Biologia. Quando tem feriado prolongado vamos para bem longe, fora de São Paulo, onde ninguém nos conheça. Passamos três dias em Poços. Me lembrei daquela vez que fomos juntas a Parati. Às vezes eu me pergunto: por que tudo isso? Não sei se é paranoia, mas sinto um perigo me rondando. Todo dia prendem alguém no campus. Não preciso falar do que tem acontecido. O clima está muito pesado. Como sair disso? Não sei como sair, só sei que, se antes havia algum sentido no que fazíamos, agora não há mais; aí é que entra o filme do Buñuel, aquelas pessoas todas podendo sair e ao mesmo tempo não podendo, não conseguindo, sem que haja um motivo, uma explicação racional. Ficam presas ali, numa prisão imaginária, e* vão se degradando. Nunca pensei que esse filme viesse a ter tanto significado para mim. Fiquei imaginando que tipo de situação inspirou o Buñuel, se foi o franquismo, se foi o catolicismo, se foi alguma coisa da vida dele, pessoal. Seja o que for, é um belo estudo sobre o que leva as pessoas a fazer o que fazem, a caminhar numa direção sem saída e não ter forças para mudar. É o que acontece comigo. Queria muito que você estivesse aqui para falar sobre isso. Na Química sinto falta de chão, não consigo mais me alegrar com os colegas, com exceção da Celina e da Vera. Os homens, então, não posso nem ver, não os suporto. São mesmo uns bundões, como você sempre dizia. Todos fingem que a vida continua normal, todos fazem de conta que nada está acontecendo. Minha única alegria hoje, além da paixão de que já te falei, é uma cachorrinha que ganhei dele, uma graça, tratamos como filha, banho de xampu toda semana, passeio no parque toda tarde. Se chama Baleia. Homenagem ao Graciliano, claro. Mas não é vira-lata, tem pedigree e tudo. Até desses passeios com a Baleia tenho medo, mas como negar isso a ela? Você ia gostar da Baleia, é uma poodle branca, toda peluda. Você tem notícias do teu irmão? O meu há um ano não fala comigo. Não sei o que se passa com ele. Esse pessoal que foi para o kibutz* e voltou parece muito perturbado. O meu irmão agora que vestiu a camiseta de jornalista se acha o máximo, e que isso basta para proteger. Ainda bem que ele vai para a Inglaterra daqui a alguns meses. Estou torcendo para que vá logo. Tenho o pressentimento de que as coisas aqui vão piorar muito. Com meu pai ainda encontro uma vez por semana, ou a cada duas semanas. Depois que casou de novo ele se tornou mais carinhoso comigo, quer me agradar; acho que se agarra em mim por necessidade, como a filhinha daquela família que ele formou e que não existe mais. Ao mesmo tempo, ocupa-se cada vez mais dos seus amigos

---

* Colônia agrícola comunista, forma de colonização da Palestina pelos judeus vindos da Rússia, típica das primeiras décadas do século xx.

escritores. *Acho que pelo mesmo motivo. Acabou a família e para ele só existe agora o iídiche. Refugia-se no iídiche. Você acredita que eles se reúnem todas as semanas? Tem uma tal de Rosa Palatnik que ele trata como se fosse uma rainha, que vem especialmente do Rio; outra que vem do Rio, de vez em quando, é uma tal de Clara Steinberg. Talvez você tenha ouvido falar delas. Não sei se são grandes escritoras. Mas ai de quem interrompe a reunião. Não sei como é o ambiente no Rio, mas aqui o que me impressiona mais é a alienação das pessoas. Não estou falando dos bundões da Química. Falo de outros, que eu respeito. Sinto neles um fatalismo, uma frieza, até uma perda de humanidade, como se a política fosse tudo e nada mais interessasse. Alguns também são muito arrogantes. Vejo as pessoas criando suas objetividades fora da realidade, se enclausurando, e aí vale tanto para os bundões da Química como para os esclarecidos e engajados. Tem alguma coisa muito errada e feia acontecendo, mas não consigo definir o que é. Sabe, uma coisa é a gente sonhar e correr riscos mas ter esperanças, outra coisa muito diferente é o que está acontecendo. Uma situação sem saída e sem explicação, direitinho como no filme do Buñuel. Uma tensão insuportável e sem nenhuma perspectiva de nada. Já nem sei mais onde está a verdade e onde está a mentira. Pior é não ter com quem conversar, exceto com meu homem, mas ele é justamente um dos mais durões. A propósito, nem meu irmão nem meu pai sabem que nos casamos. Meu pai não sabe nada da minha vida. Tudo tem seu motivo. Queria muito te encontrar, mas se você vier para São Paulo, não me procure diretamente, primeiro telefone para alguma amiga e logo eu darei um jeito de te localizar. Também peço que não responda esta carta pelo correio, nem para aquele endereço do meu pai. Aconteça o que acontecer, saiba que te quero muito.*

Beijos.
A.

Livros e expropriação

I

Ele roubava livros. Sua pasta era dotada de uma repartição oculta na qual os escondia com facilidade. Levava de tudo, tratados de filosofia, manuais de economia política, compêndios de história, biografias e romances sociais; mas preferia os clássicos do marxismo. Uma a uma, conseguiu as obras completas de Marx e Engels e os principais livros de Caio Prado, Leôncio Basbaum, Celso Furtado, Josué de Castro e Ignácio Rangel. Também surrupiava livros datados de denúncia do imperialismo e exaltação às lutas de libertação dos povos da África e da Ásia.

Conhecia todas as livrarias e sebos de São Paulo, mesmo os mais recônditos, instalados no interior dos edifícios e não ao rés da rua. Ele as frequentava regularmente e, a cada duas ou três incursões, comprava um livro, para disfarçar. Os livreiros o tomavam por cliente bom, embora curiosamente só escolhesse livros de custo módico. Talvez fosse pobre, pensavam. De fato não era rico. Mas não era um pobretão. Estudava à noite, na faculdade, e trabalhava de dia em programação de computadores, ofício que dominava com facilidade, pouco conhecido e muito rendoso nessa época. Tinha QI elevado e cultura; lia boa parte do que roubava.

Podia pagar pelos livros, mas os roubava por princípio. Expropriava-os em nome da revolução socialista, dizia aos poucos cúmplices de seu segredo. Era como se já praticasse a subversão pregada pelo livro; cada expropriação, um ato de sabotagem do mercado que fazia das ideias objeto de lucro. Um Bakunin inimigo da propriedade privada; um revolucionário armazenando munição para o grande assalto ao poder. Considerava educativo e estimulante o estado de contravenção permanente.

Também conhecia as livrarias semiclandestinas do Partidão, do Partido Socialista e das duas alas do trotskismo, a lambertista e a da Quarta Internacional. Mas dessas não roubava. Era um revolucionário. Não era um ladrão.

Seu traço dominante era o maxilar projetado para fora, compondo uma imagem de determinação e intransigência. Embora fosse jovem, estudante, era como se já tivesse ido a uma guerra e dela retornado. Nunca o ouviram contar uma anedota, embora sorrisse com frequência, irônico, como quem se sabe superior. Estava acima das pessoas comuns, porque se imbuíra da predestinação revolucionária. E, diferentemente de muitos de seus colegas, que também se proclamavam rebeldes e socialistas, mas pouco faziam, ele dedicava todas suas energias à preparação revolucionária. Sua paixão pela revolução só tinha paralelo no amor pelos livros.

II

No dia em que os militares saíram às ruas, suspendendo as garantias civis, enquanto o medo e a incerteza invadiam os corações dos ativistas de esquerda, nosso personagem, resoluto, convocou para uma missão especial um de seus confidentes do ideal socialista que tinha carro.

Com deliberação e sangue-frio percorreram escritórios e livrarias dos partidos de esquerda, que ele sabia abandonados às pressas. Primeiro uma, depois a outra, sem esquecer nenhuma.

Metodicamente, recolheram todos os livros, panfletos, jornais, tudo o que encontraram, como quem remove a lugar mais seguro um arsenal de guerra, para não cair em mãos inimigas. Do escritório do Partido Socialista levou inclusive os arquivos de filiação partidária.

III

Tempos depois, capturado e desaparecido pelos militares, deixou, como único bem, a biblioteca revolucionária de mais de dois mil tomos, a maioria expropriados. Curiosamente, na primeira página de todos eles assinara, em letras firmes e rápidas, seu nome por extenso e data da expropriação.

Queria demarcar uma posse? Não. Não faz sentido. Talvez

soubesse, isso sim, e desde sempre, que os livros seriam os únicos vestígios de sua vocação revolucionária, pequenas lápides de um túmulo até hoje inexistente.

Jacobo, uma aparição

I

Sentado junto à parede dos fundos, K. contempla o cenário da lanchonete detendo-se em cada pessoa. Sente-se dentro de um filme americano e percebe, então, o realismo desse cinema. O sujeito de chapéu de feltro puxado para trás só pode ser um judeu, lendo um jornal em iídiche, o tipo apressado com a pasta de advogado, o taxista, ainda de boné, com aparência de italiano. A América dos imigrantes europeus está nessa lanchonete.

Aflige-o perceber que pode pensar em filmes, estando ali por um motivo único, o paradeiro da filha. E imaginar que ele poderia ter sido um desses imigrantes, mas foi dar no Brasil. Quem sabe, se tivesse vindo para a América do Norte, como o primo Simon, em vez da América do Sul, a tragédia não teria acontecido.

Vinte anos antes viera a Nova York receber o prêmio pelo seu poema "Haguibor",* publicado na revista *Tzukunft*.** O cenário aparente pouco mudou. Mas, desde então, já deixaram de circular três dos cinco jornais de língua iídiche de Nova York. Como pode uma língua desaparecer tão repentinamente? Os alemães mataram os que liam e Stálin matou os que escreviam, ele repete para si mesmo o que não se cansava de dizer em suas palestras.

Ah, se não pensasse o tempo todo na língua iídiche, na literatura, se tivesse dado mais atenção à filha, a seus filhos... Agora, ali estava, em torno de um café aguado, esperando abrir o escritório do American Jewish Committee. Ficaram de recebê-lo às nove.

II

O edifício tem a solidez dos Morgan e dos Rockefeller, é a América das fortunas do aço e do petróleo. À entrada detém-se impressionado perante a placa de bronze em memória das moças judias de famílias muito pobres embarcadas para a América com promessas de casamento e forçadas à prostituição, as polacas, como se diz no Brasil. Logo pensa: os judeus do Bom Retiro não tiveram a decência de colocar uma placa dessas.

É recebido por um senhor idoso, Irineu Blaumstein, talvez da mesma idade que ele. Conversam em iídiche. Blaums-

---

* Pessoa forte e destemida, em hebraico.
** Revista literária iídiche publicada em Nova York. *Tzukunft* significa "futuro" em iídiche.

tein diz conhecê-lo de seus contos e poemas, publicados nos jornais de Nova York. K. fala do desaparecimento da filha e do marido. Traz uma folha de papel com todos os dados. E algumas fotografias. Não sabe mais a quem recorrer — diz em tom suplicante. Vinha de Londres, onde estivera na Anistia Internacional. Antes, fora a Genebra, apelar à Cruz Vermelha. Educadamente pergunta por que o American Jewish Committee não criticou publicamente a ditadura brasileira, como fez a Anistia Internacional.

"O que fez a Anistia Internacional?", pergunta Blaumstein. Lançaram uma campanha mundial, diz K.; conclamaram seus ativistas a enviarem cartas de reclamação ao governo brasileiro; sua filha foi escolhida "preso político do ano".

Ao falar da ditadura, K. lembra-se com desgosto da Comissão de Direitos Humanos da OEA que rejeitara sua petição de modo muito cínico. Disseram que, segundo o governo brasileiro, nada constava sobre a filha. É claro, foram perguntar aos bandidos se eles eram bandidos. A Cruz Vermelha recebeu-o bem, anotaram os dados e prometeram iniciar uma busca. Mas ao que parece não esperam muito de sua seção brasileira.

A Anistia sugeriu a ele pedir a ajuda do American Jewish Committee, diz K. Disseram a ele que essa organização é experiente nesses casos e tem muita influência nos altos círculos americanos. A Cruz Vermelha também elogiou o Jewish Committee.

Blaumstein explica então a K. os princípios operacionais do American Jewish Committee na esfera dos direitos humanos. Desde sua fundação em 1906, motivada pelos pogroms na Rússia,* lutam pela promoção do pluralismo e pela erradicação dos preconceitos, acreditando ser essa a melhor forma de combater o antissemitismo, situando-o como parte de um problema maior de intolerância e discriminação.

Quanto a casos particulares, como o da filha, o American Jewish Committee aprendera com o tempo que a melhor tática era o trabalho silencioso, subterrâneo; assim trabalhavam. Na verdade a Anistia Internacional também adotava duas táticas, uma ostensiva e outra discreta, embora diferentes das deles. Muitas pessoas foram salvas dessa forma. O senhor não faz ideia da nossa capacidade de chegar a certas autoridades, diz Blaumstein.

Pergunta onde K. está hospedado. Na casa do meu primo Simon, no Brooklin, diz K., escrevendo o endereço no mesmo pedaço de papel com os dados da filha. Blaumstein diz que aguarde na casa do primo uma notícia até no máximo o dia seguinte ao meio-dia. Recomenda sigilo sobre seus contatos com o Committee. A discrição é fundamental, ele insiste.

No dia seguinte, bem antes do meio-dia, um estafeta entrega a K., na casa do primo Simon, um envelope contendo esta mensagem: "O senhor será procurado em São Paulo dentro em breve por Jacobo. Ele tem sotaque argentino e dirá que se trata de seu novo livro de poesias. Memorize esta mensagem e destrua este papel".

Impressionante, reflete K., entidades tão respeitáveis, tão poderosas, entidades humanitárias, e precisam agir às escondidas como se fossem malfeitores; parece que até eles têm medo de serem desaparecidos. É como se esses facínoras que desaparecem

---

* Pogroms eram massacres de aldeias e bairros judeus perpetrados em geral por contingentes cossacos.

pessoas estivessem em toda a parte. Até na América, terra da liberdade. Na mesma noite K. embarca de volta a São Paulo.

III

Passaram-se duas semanas e mais um pouco. K. recebe um telefonema de um sr. Jacobo, querendo discutir com ele a proposta de um novo livro de poemas. Fala um pouco em iídiche e um pouco em português com sotaque argentino. Combinam encontro na biblioteca do Clube Hebraica. Jacobo manda levar todos os originais dos poemas, e se tiver rascunhos, levá-los também.
K. mune-se novamente de todos os dados e fotografias. Leva também alguns originais em iídiche, para o caso de ter que disfarçar. De fato, Jacobo o recebe efusivamente no café da biblioteca como um editor trataria um grande poeta cujo livro deverá publicar.

Jacobo é jovem, na casa dos trinta anos, de cabelos loiros abundantes. Fisionomia séria, disfarçada de alegre. Parece mais um desportista chegando para um torneio de tênis do que um editor em viagem de negócios.

Trocam cumprimentos de pé no balcão do café; em seguida acomodam-se num dos compartimentos reservados da biblioteca e passam a conversar abertamente, mas controlando a altura da voz. Falam ora em iídiche, ora em português.

Durante três horas K. é interrogado por Jacobo; tudo ele quer saber. Sobre a militância da filha, do marido, com quem já falara. Tudo. Insiste em datas e lugares. Principalmente datas. Diz que a data do desaparecimento é o ponto de partida para se saber com quem falar e descobrir o que aconteceu. Detém-se em especial nos contatos de K. com autoridades, gente de governo, advogados e o pessoal da Cúria Metropolitana. Diz que está se lidando com um mecanismo muito especial de fazer as pessoas desaparecerem sem deixar nenhum vestígio.

Embora sumir com o corpo não seja difícil, diz Jacobo — na Argentina, por exemplo, os atiravam de um avião ao mar bem longe da costa —, sempre há uma testemunha, um piloto de avião, um subalterno que empurrou os corpos... Percebe então a desolação no olhar de K. e muda de tom: seu pessoal havia localizado quase uma centena de judeus e alguns não judeus presos em lugares secretos e dados como desaparecidos. Haviam conseguido para eles salvo-condutos com vistos de entrada em Israel, onde alguns ficaram. Outros seguiram para a Europa e os Estados Unidos. Quem sabe conseguiria algo assim para a filha e o marido?

Não desanimar, diz a K., ainda há esperança. Na Argentina eram milhares os desaparecidos — diz —, talvez mais de dez mil, e ainda continuavam a sequestrar e "desaparecer" pessoas, mas, de repente, alguém já dado como morto é localizado como por milagre. Ele havia acumulado muita experiência no trato de desaparecidos e prometeu usar toda ela na busca da filha. A saga do velho judeu, escritor e poeta de repente destroçado pelo que fizeram à filha, tocara fundo nas pessoas. Finalmente despede-se. Promete mandar notícias; diz a K. para não se desesperar.

IV

Dois meses transcorreram, sem sinal de Jacobo. No final de outubro K. recebe um telefonema de um tal Carlos, mencionando a preparação do próximo livro de poemas. Era a senha. Tem forte sotaque argentino, como Jacobo. Precisam conversar sobre o livro, diz Carlos.

Encontram-se no mesmo compartimento reservado da biblioteca da Hebraica. Carlos já aguardava pela chegada de K., que fora de táxi, não do ponto defronte à padaria contígua à sua loja e sim um táxi interceptado na avenida. Também, por precaução, não desceu na porta da Hebraica e sim um pouco antes, defronte a um edifício residencial.

Carlos explica a K. que, apesar de todos os esforços, não conseguiram nenhuma informação confiável sobre sua filha. Era como se em torno dela e do marido tivessem erguido uma muralha de segredo impenetrável. Em duas ocasiões, diz, alguém chegou a admitir que fora presa, mas logo em seguida, num segundo contato, alegaram ter sido engano. Do marido nem isso disseram. Quer saber de K. se da parte dele há alguma novidade, alguma nova informação.

K. diz que não. Nada. Desalentado, quase não ouve mais o que esse Carlos diz. Sente-se muito cansado, de novo aquele vazio interior que já o derrubara outras vezes, que o impede até mesmo de se levantar de uma cadeira. Lembra-se de Jacobo, imbuído de tanta energia e otimismo que chegara a lhe incutir um fiapo de esperança.

"E como vai o Jacobo?", perguntou.

"Por isso eu vim, e não ele", diz Carlos. "O Jacobo desapareceu há dois meses. Nós estamos muito preocupados. Desapareceu sem deixar nenhum vestígio."

A cadela

O que fazer com a cadela? Com o casal tudo deu certo, do jeito que o chefe gosta, sem deixar rastro, sem testemunha, nada, serviço limpo, nem na casa entramos, para não correr risco com vizinhos, casa muito colada nas outras; pegamos os dois no beco, de surpresa; uma sorte, aquela saída lateral do parque, meio escondida, quando os dois se deram conta, já estavam dentro do carro e de saco na cabeça, só a cadela latiu, mas já era tarde. Agora essa maldita cadela, filha da puta, não para de incomodar. Não tínhamos pensado na cadela. O Lima levantou tudo — o danado, até o nome da cachorrinha, Baleia, nome besta para uma cadelinha miúda e peluda pra caralho. De onde é que tiraram esse nome? Chequei com o Lima se era isso mesmo. Ele garantiu que era e ainda falou: como está no informe — o filho da puta quis tirar um sarro. Mas não adianta chamar pelo nome, a cachorra não reage, não come desde o dia em que chegou, de vez em quando lambe a água e só; já são seis dias, não come e nem morre, fica ali, aplastrada, de orelhas caídas, fingindo de morta, se a gente chega perto, rosna, cachorra filha da puta, como se estivesse acusando, como se soubesse de tudo; só se mexe quando a porta abre. Esperta e de ouvido aguçado, muito antes de a porta abrir já sabe que vai abrir e levanta num pulo, de orelha eriçada; decerto, pensa que são os donos chegando, quando vê que não são, desaba. Toda vez é assim, levanta de um pulo, toda assanhada, depois desaba, burra, não sabe que eles nunca mais vão voltar. Como é que os cachorros podem ser tão espertos e tão burros ao mesmo tempo? Devia estar no informe que o casal levava a cadela nas caminhadas, como é que a gente ia adivinhar? O Lima esqueceu de colocar, esta é que é a verdade, ele diz que não esqueceu nada, que era só somar dois mais dois, se está lá que o casal tem uma cachorrinha e faz caminhada toda tarde, é claro que a caminhada é para a cachorrinha, para ela relaxar e fazer o cocô dela, nós é que somos burros, ele falou, sempre tirando sarro, o filho da puta. Também não falou que a cadela era uma luluzinha de raça, parece cachorrinha de madame; não entendo o que dois terroristas faziam com uma cachorrinha assim, vai ver não eram terroristas coisa nenhuma, não combina, ou vai ver a cachorrinha era para disfarçar, ou com esse ouvido aguçado dela fazia de guarda, dava o alerta, só que dessa vez ela bobeou, demorou demais, não latiu a tempo, será que se sente culpada? Não vamos saber nunca, mesmo porque tem mais é que matar logo essa cadela, não tem jeito. O pior é à noite: essa filha da puta chora sem parar, parece de propósito para a gente não dormir, ganindo a noite toda; eu não entendo o chefe, durão, mas quando falo que sobrou a cadela, que é perigoso, faz que não escuta. Sempre perguntando se deixamos alguma pista, se alguém viu, querendo saber de tudo, para ter a certeza de que nunca vão saber que nós sumimos com os caras; falo que tem a cadela, que pode nos delatar, que algum amigo deles pode reconhecer a cadela e foder com tudo, ele faz que não escuta. Quando eu disse que ela não comia desde que chegou, ele botou a culpa em mim, disse que demos comida ruim para a cadelinha, ainda mandou comprar essa ração de trinta paus o quilo, mais cara que filé-mignon; o pior foi ontem, quando eu falei em sacrificar a cadela, levei o maior esporro, me chamou de covarde, que quem maltrata cachorro é desumano e covarde; quase falei pra ele: e quem mata esses estudantes coitados, que têm pai e mãe, que já estão presos, e ainda esquarteja, some com os pedaços, não deixa nada, é o quê? Ainda bem que não falei. Não sei onde estava com a cabeça. É essa maldita cadela filha da puta que não me dá sossego, o chefe só vem aqui quando chega algum preso novo. Carne nova — ele fala —, arranca o que quer, manda liquidar e vai embora. Mas nós ficamos aqui o tempo todo, com essa cadela nos atormentando, mas eu já sei o que vou fazer: dou mais dois dias, se ela não morrer sozinha, boto veneno na água, boto o veneno que demos àquele ex-deputado federal.

Nesse dia, a Terra parou

K. cola-se ao rádio, outros esperam junto à tevê, um grupo aglomera-se defronte ao noticiário luminoso do Estadão; mães, irmãs, mulheres prenhes de espera. Aguardam o momento com a emoção antecipada de amantes de estrelas armados de lunetas à espera do eclipse único do século. Armam-se, neste caso, de esperanças. O presidente anunciara que, ao meio-dia em ponto, o ministro da Justiça Armando Falcão revelaria o paradeiro dos desaparecidos.

Ao se aproximar o instante da revelação, é como se o sol subitamente parasse no ar; o ar ficou parado no ar; o mundo parece ter parado. Quebrou-se o tabu. O governo falará sobre os desaparecidos; por isso ressurgiu a esperança. Já haviam se passado seis meses desde a divulgação pelo cardeal arcebispo de São Paulo da lista de vinte e dois desaparecidos. Os jornais a reproduziram, embora discretamente, arriscando enraivecer a imprevisível censura.

E assim é. Meio-dia começa a transmissão. Nomes são ditos aos poucos em ordem alfabética. Em K. a esperança se esvai. O nome da filha, que por essa ordem deveria estar entre os primeiros, não chega. Outros que acompanham atentos o comunicado são tomados pela perplexidade. Este está foragido, este outro nunca foi preso, este também está foragido. Fulano já foi libertado depois de cumprir pena.

De repente é pronunciado o nome de um respeitado professor de economia que nunca desapareceu, que continua morando onde sempre morou e circulando onde sempre circulou, embora tenha sido expulso da universidade, seguido da afirmação maldosa de que está desaparecido. E depois mais outro, objeto do mesmo escárnio. Em vez de vinte e duas explicações, vinte e sete mentiras. Eis que, ao final, aparece uma referência à filha de K. Dela, diz o comunicado, assim como do marido e dois outros, não há nenhum registro nos órgãos do governo.

Os militares cumpriram a promessa do presidente à luz da doutrina da guerra psicológica adversa. Nessa modalidade de guerra, confundir o inimigo com mentiras é um recurso legítimo; equivalente às cortinas de fumaça da guerra convencional. Enganaram-se os que esperavam a relação humanitária de vítimas de uma guerra já vencida. Ao contrário, a falsa lista revelou-se arma eficaz de uma nova estratégia de tortura psicológica. Teria sido melhor não dizerem nada, raciocina K.

Termina a leitura, encerra-se o comunicado especial do ministro da Justiça. Passam-se alguns segundos, o sol retoma sua órbita; tudo volta a se mexer; o movimento volta às pessoas; K. não se move; sente-se muito cansado.

A abertura

Que poderiam eles fazer-te que já não tenham feito?

Moises Ibn Ezra

I

Mineirinho, traz o Fogaça lá da carceragem, vou dar um servicinho pra esse malandro, depois solto ele. Diga pra custódia que ele vai sair. Manda ele se arrumar, pegar as coisas dele. Esses filhos da puta pensam que eu tenho medo de figurão. Não tenho medo de figurão porra nenhuma. Pode ser esse canalha do Golbery que agora quer dar uma de bacana, pode ser o presidente da República, pode ser o papa, pode ser esse senador americano de merda, eu estou é cagando para eles todos. Me deram carta branca, que era para acabar com os comunistas, não deram? Acabei com eles, não acabei? Então que não encham o saco. E daí que o velho falou com esse senador, que entregou carta, que tão pressionando — vão pressionar na puta que os pariu.

II

Fogaça, senta aí. Senta aí, porra. Escuta bem — tá tremendo por quê? Para de tremer, porra. Você vai fazer um servicinho. Se fizer direito, te solto. Entendeu? Você vai pegar esse telefone que está aí e eu vou te dar um número, vai atender um filho da puta dum velho e você vai dizer a ele o teu nome, pode dizer o teu nome mesmo, diz que você acaba de ser solto do Dops e que viu a filha dele aqui. O velho vai ficar doidão, vai dar um pulo, fazer um monte de perguntas, como está a filha, você não fala nada, só diz que viu ela, que ela que deu o telefone. Ele vai querer ver você, vai perguntar onde você está. A jogada é esta: você fala que está na rodoviária do lado do Dops, que está telefonando da rodoviária, que está indo embora. Que só tem dinheiro pro ônibus, que vai para Tatuí, que a tua família é de Tatuí, o velho vai insistir pra te ver, você diz que não dá, que tem que ir embora, aí ele diz pra você pegar um táxi até a casa dele que ele paga o táxi ou que ele vem te pegar. Faça ele vir te pegar. Diga que você espera em frente à farmácia encostada na rodoviária. Mas para ele vir logo. Pergunta como é o carro dele. Entendeu tudo, seu puto? Trate de fazer direito que eu solto você. Se cagar no pau, volta pro xadrez, te ponho na solitária. Mineirinho, disque o número e passe pra ele. O elemento tá tremendo tanto que nem consegue segurar um telefone.

III

Mineirinho, você viu como deu certo o lance com o Fogaça? Só que não é nada do que você está pensando, Mineirinho. O velho não veio porque acreditou, Mineirinho. Esse velho é esperto. Ele veio porque tinha que vir. Ele tinha que vir, entendeu? Mineirinho, aí é que está o truque, a psicologia. Ele tinha que vir, mesmo não acreditando. E sabe por quê? Porque se ele está correndo atrás desses figurões, mesmo depois desse tempo todo, é porque não quer aceitar que a filha já era. Se recusa. Daí se agarra em qualquer coisa, mesmo sabendo que é armação. Não pode deixar de ir, de tentar. Sabe de uma coisa, Mineirinho, foi uma puta ideia essa que eu tive.

IV

Mineirinho, lembra do velho que nós fodemos mandando o Fogaça inventar que viu a filha dele? Pois não é que o velho não desiste? Vamos ter que ser mais espertos. Pega aí o endereço dele pra mim, enquanto eu ligo pro Rocha, lá em Lisboa. São três horas de diferença, ainda dá tempo.

V

É do consulado? Me chamem o Rocha, por favor, digam que é o Fleury.

E aí, Rocha? Tudo bem? Preciso que você faça o seguinte. Pegue aí uns folhetos desses capitães aí da tal Revolução dos Cravos, dessa palhaçada, e mande pelo correio para o endereço que o Mineirinho vai te passar. Faça um pacote e mande, via aérea, não escreva nada. Só o endereço e o remetente. O remetente você vai escrever à mão, como se fosse de uma moça. Mineirinho, passe ao Rocha o endereço do velho e o nome completo da subversiva. Esse velho vai ficar doidão de novo. Filho da puta. Se não tivessem mandado parar tudo eu matava um desses velhos só pros outros pararem de encher o saco. Matava ele ou aquela grã-fina filha da puta da Zuzu que também andou mexendo os pauzinhos lá nos esteites.

VI

Mineirinho, o pacote despachado pelo Rocha lá de Lisboa foi entregue. O Lima checou nos correios. O velho deve estar tonto. Agora vamos dar o arremate. Você liga para o nosso cara do Bom Retiro, o da galeria, e diga pra ele que a menina vai chegar de Portugal amanhã num voo da TAP, em Guarulhos. O Lima já checou que amanhã tem voo da TAP. É para foder mesmo com o velho; tô começando a pegar raiva desse judeu de merda. Esse velho ainda pode nos complicar. Deixa ele ir lá, ficar vendo todo mundo sair, um por um, devagarzinho, e filha nada. Vamos quebrar a espinha desse velho. Vamos dar uma canseira nele, uma canseira de matar, até ele ter um infarto, filho da puta.

VII

Mandaram outro aviso lá da cúpula, Mineirinho. A coisa tá ficando mais séria, tem mais gente se mexendo, pressionando. Além disso, esse informe do Lima dessa tal reunião de familiares com o arcebispo não é nada bom. Agora não é só o velho, a Zuzu e mais um ou outro, agora é política. Virou movimento. E os filhos da puta lá em cima falando em abertura. Isso é hora de falar de abertura? Tem que dar tempo, porra. Mal acabamos o serviço.

Temos que mudar tudo, Mineirinho. O inimigo agora são as famílias desses terroristas. Mas temos que usar mais a cabeça, a psicologia, Mineirinho. Temos que desmontar esses familiares pela psicologia.

Você faça o seguinte, Mineirinho, telefone para um desses filhos da puta da comissão dos familiares, pode pegar qualquer um da lista que o Lima preparou. Telefona, e diz que tem umas desaparecidas que foram internadas no Juqueri, internadas como loucas. Diga que a tal professora da Química é uma delas, mas que tem outras que você não sabe o nome. Diga que você deu plantão no Juqueri e desliga. Não dê chance de perguntarem mais nada. Entendeu, Mineirinho?

VIII

Mineirinho, eu sabia que era só esperar. Levou uma semana, mas funcionou. Sabia que eles iam morder a isca, e que ia chegar logo no velho. Ele foi sozinho até Franco da Rocha, foi assim direto, bateu na porta e disse que queria ver a filha. Ah, foi com mais dois? Você vê que já estão agindo como grupo. Estava previsto. Devem estar todos eriçados, tentando descobrir como é que se entra no Juqueri, achar algum médico, algum funcionário do manicômio judiciário. Agora vamos dar um tempo. Deixa eles tomarem uma canseira com essa história.

IX

A história do Juqueri já tem dois meses. O Lima diz que já esgotou. Desistiram do Juqueri. Diz que agora estão fuçando no IML. O velho foi lá no IML, junto com uns outros. Não vão descobrir nada, mas isso de IML é sempre um perigo, chega muito perto de certos esquemas, não é mesmo? Pensando bem, Mineirinho, a gente tem que estar sempre na frente, a gente podia usar mais o nosso pessoal do exterior. A Lurdes, por exemplo, lá de Ottawa, ela é boa. Diga pra ela telefonar pra esse velho filho da puta e dizer que viu a filha dele lá. Ela que invente uma história. Pode posar de turista brasileira, dizer que estava num café e uma moça loira ouvia ela falando português e se apresentou e deu o telefone do pai. Que ela nem esperou voltar pro Brasil, estava telefonando de lá mesmo, por simpatia — isso. Essa Lurdes é muito boa, ela vai gostar.

X

Mineirinho, estamos fazendo alguma coisa errada, os filhos da puta não entregam os pontos. Mineirinho, você acredita que o velho conseguiu envolver o Kissinger? Porra, Mineirinho, você não sabe quem é o Kissinger? Ele é o cara que bolou isso tudo. O americano, puta crânio. Só que a situação mudou lá. Mudou lá e mudou aqui também. Essa porra de abertura. Sabe o que está errado, Mineirinho? Está errado a gente ficar esticando a esperança desses porras, com essas histórias que estão no Juqueri, no exterior. Eles já sabem que é enganação, mas ainda querem se enganar. E nós ajudamos. Temos que fazer o contrário; podemos dar a mesma canseira, desmoralizar os porras do mesmo jeito e até pior, espalhando que os corpos estão enterrados cada vez em outro lugar. Procurar para salvar alguém que ainda pode estar vivo é uma coisa, mas procurar um corpo, só para poder enterrar, é diferente. Fala a verdade, Mineirinho, eu sou demais de bom. Nem o Falcão teve essa ideia.

XI

É isso, Mineirinho, vamos espalhar boatos de onde os corpos estão. Um boato atrás do outro. A gente solta um, dá um tempo, tipo um mês ou dois, depois solta outro. Vamos matar esses caras de canseira. Aquele teu tio do churrasco em Ibiúna ainda trabalha de corretor? Mineirinho, peça para ele escolher lá na lista dos sítios em oferta um que seja grande e tenha muro alto. De preferência vazio. Você pega a localização, e passa para esses familiares, do jeito que você fez com o Juqueri. Só que agora é o morto, o cadáver. Você só dá a pista, não dá endereço completo, deixa eles mesmos pensarem que encontraram.

XII

Mineirinho, senta aí. Tá acontecendo uma coisa estranha. Não estou gostando nada. Sabe quem me procurou? O cara da CIA, Mineirinho, o Robert, nem mais nem menos. O filha da puta do velho conseguiu virar alguém da CIA lá dos esteites pro lado dele. O Robert disse que veio ordem de Washington para achar a filha e o marido. Ordem dos esteites, Mineirinho. Esse velho com essa lojinha de merda no Tucuruvi, ou ele disfarça muito bem, ou sei lá, deve ter algum parente nos esteites que é importante. Ainda bem que o Robert me avisou. Mineirinho, ele queria um acordo, a gente entrega a moça e o marido e eles limpam o nosso nome de todos os documentos que eles têm lá. Você sabe como é lá, não é, Mineirinho, mais dia menos dia esses documentos vão para a imprensa e aí nos fodemos. O Robert diz que mudou tudo. Que agora é a hora de limpar os arquivos, não deixar prova. Como se eu não soubesse. Entregar a moça, onde é que o cara tem a cabeça? Mesmo que eles estivessem vivos, como é que ia entregar, depois de tudo o que aconteceu? Não é para acabar com as provas? Pois nós acabamos. Muito antes de eles mandarem. Fala a verdade, Mineirinho, perto de mim esses gringos não são nada, tudo amador.

A *matzeivá**

"O que você está pedindo é um absurdo, colocar uma lápide sem que exista o corpo..."

O rabino é enfático. K. o escolheu por ser da linha moderna. Quem sabe, não sendo ortodoxo, autorizará a colocação de uma lápide para a filha ao lado do túmulo de sua mulher, no cemitério israelita do Butantã. Mas o rabino não só rejeita o pedido como demonstra frieza ante o seu drama.

Alguns meses mais e isso mudará, depois que outro rabino, ainda mais moderno, oriundo dos Estados Unidos, oficiar na missa ecumênica do jornalista judeu assassinado pelos militares. K. está um pouco adiante do seu tempo.

"Não há uma só palavra em todo o Talmud** nem nos ca-

---

* *Matzeivá* é a lápide colocada no túmulo, em geral um ano após o sepultamento.

** O livro compilado pelos rabinos que traz os preceitos religiosos para o cotidiano da vida judaica.

torze livros da Mishné Torá* que fale em *matzeivá* sem que exista um corpo", diz o rabino. E prossegue em tom professoral: "O que é o sepultamento senão devolver à terra o que veio da terra? Adam, adamá, homem e terra, a mesma palavra; o corpo devagar se decompõe e a alma devagar se liberta; por isso, entre nós, é proibido cremar ou embalsamar, é proibido usar caixões de metal, proibido lacrar com pregos, e tantas outras proibições. Não tem sentido sepultamento sem corpo."

K. não precisa que esse rabino lhe ensine nada. Estudou no *heder*** ainda menino todos esses livros, e até o livro do Zohar.*** Certamente domina o hebraico melhor do que qualquer rabino de São Paulo. Embora rejeitando a religião, conhece seus preceitos; sabe que a lápide deve ser colocada um ano após a morte, quando, segundo os *gaonim*,**** os sábios, torna-se mais viva a lembrança do morto.

K. sente com intensidade insólita a justeza desse preceito, a urgência em erguer para a filha uma lápide, ao se completar um ano da sua perda. A falta da lápide equivale a dizer que ela não existiu e isso não era verdade: ela existiu, tornou-se adulta, desenvolveu uma personalidade, criou o seu mundo, formou-se na universidade, casou-se. Sofre a falta dessa lápide como um desastre a mais, uma punição adicional por seu

---

* Obra do filósofo Moisés Maimônides (1138-1204) que aprofunda a interpretação dos preceitos do Talmud.

** Escola judaica de ensino básico, em geral dirigida por um rabino e usando a Torá como texto didático.

*** Conjunto de cinco livros da Cabala com comentários místicos sobre a Torá e a origem do universo.

**** Os líderes espirituais surgidos durante o exílio na Babilônia, por extensão, os mais sábios entre os sábios.

alheamento diante do que estava acontecendo com a filha bem debaixo de seus olhos.

"Sem corpo não há rito, não há nada", continua o rabino. "Não há *tahará*, a purificação do corpo. E por que lavamos o corpo? Porque só corpos purificados podem ter seu jazigo no cemitério judaico..."

Esse rabino quer dizer que minha filha não era pura? O que ele sabe de minha filha... nada. Para K., o rabino fala palavras vazias. Já lhe haviam dito na Sociedade do Cemitério, a Chevra Kadisha, que sem corpo não se podia colocar a *matzeivá*. Ele retrucara ao Avrum, o secretário da Sociedade, que na entrada do Cemitério do Butantã há uma grande lápide em memória dos mortos do holocausto, e debaixo dela não há nenhum corpo. Avrum o admoestara por comparar o que aconteceu com sua filha ao Holocausto, nada se compara ao Holocausto, disse; chegou a se levantar, tão aborrecido ficou. O Holocausto é um e único, o mal absoluto. Com isso K. concordou, mas retrucou que para ele a tragédia da filha era continuação do Holocausto. E argumentou que em Eretz Israel,[*] pelo mesmo motivo, é costume acrescentar na *matzeivá* do morto os nomes dos seus parentes vítimas do Holocausto. Essa referência ao costume em Eretz Israel foi decisiva. O secretário acedeu, mas, como era a primeira vez, exigiu o aval de um rabino. Por isso K. procurou esse rabino tido por moderno, e que continua a argumentar contra a lápide.

"A colocação da *matzeivá* é apenas a última etapa do sepultamento, para que os familiares e amigos possam reveren-

---

[*] Terra de Israel, forma como os judeus designavam a Palestina antes da criação do Estado e que ainda subsiste.

ciar o morto e rezar o *kadish** por sua alma. Qual a origem da *matzeivá*? Por que ela era colocada por nossos antepassados? Era colocada para os túmulos não serem profanados, os corpos não serem violados, de modo que voltamos à questão inicial, se não há corpo não há o que profanar, não há o que violar, não há por que colocar uma *matzeivá*."

K. ouve já sem interesse. Revoltado, retoma o veredicto de seus tempos de juventude, do saber rabínico como um jogo de palavras de raízes medievais e sem relação com a realidade. Esses mesmos rabinos nada fizeram quando ele apelou por ajuda. Até o arcebispo de São Paulo tentou alguma coisa e esses rabinos, nada.

"Também é proibido sepultar os maus com os justos e há muitas outras regras, como você sabe. Para Maimônides, os casados com não judeus não devem ser sepultados no nosso campo sagrado. Os suicidas também não podem ser enterrados dentro do cemitério, e sim rente ao muro."

Antes ele insinuou que ela não era pura, agora fala em suicídio. O que sabe ele? Não sabe de nada. Ou ele quer dizer que ela não era uma boa judia, uma mulher justa, porque o marido era *gói*? Com esse tipo de argumento negaram às polacas o direito ao sepultamento no cemitério da Vila Mariana; elas, que não eram bandidas, apenas judias pobres enganadas pela máfia — uma história dolorosa por todos escondida; tiveram que criar seu próprio cemitério, lá no Chora Menino. As polacas de Santos também.

O rabino prossegue na sua peroração: "O cemitério tem

---

* A principal oração do rito judaico, proferida no sepultamento pelo filho mais velho ou parente mais próximo.

também função educativa, de nos relembrar que, quando o anjo da morte vem buscar, somos todos iguais; por isso as lápides têm que ser modestas, só a pedra com a inscrição do nome do morto, as datas em que nasceu e morreu, e os nomes do pai e da mãe".

K. tem suas dúvidas. Teria a comunidade se portado de modo tão indiferente ao que aconteceu com sua filha se ela fosse uma Klabin, ou uma Safra? Nem a comunidade, nem esse rabino e talvez nem os bandidos do governo. Desolado, mas determinado, K. despediu-se um tanto rispidamente e dirigiu-se rápido para as escadas. Nos seus ouvidos ainda ecoaram as últimas frases do rabino:

"O que você quer na verdade é um monumento em homenagem à sua filha, não é uma lápide, não é uma *matzeivá*; mas ela era terrorista, não era? E você quer que a nossa comunidade honre uma terrorista no campo sagrado, que seja posta em risco, por causa de uma terrorista? Ela não era comunista?"

A mesma acusação na forma de pergunta, exatamente com as mesmas palavras, havia sido formulada um mês antes pelo judeu milionário dono da rede de tevê e amigo de ex--presidentes e generais.

K. o havia procurado por indicação de outro patrício também importante. Contara a história da filha na esperança de obter através dele alguma informação junto aos generais seus amigos. O judeu milionário escutou impaciente e perguntou, como quem justifica o acontecido e com isso encerra a conversa: "Mas ela não era comunista?". K. então respondera na lata: "Ela era professora universitária na USP".

Desolado pela falta da *matzeivá*, ocorreu então a K. a ideia de compor um pequeno livrinho em memória da filha e do genro. Uma lápide na forma de livro. Um *livro in memoriam*. Isso também se fazia de vez em quando na Polônia, embora sem substituir a *matzeivá*. Comporia um folheto de umas oito ou dez páginas, com fotografias e depoimentos de suas amigas, imprimiria cem cópias e as entregaria de mão em mão para toda a família, os conhecidos e as amigas; mandaria aos parentes em Eretz Israel.

Deu mais trabalho do que ele antecipara. Foi preciso recolher os depoimentos e datilografá-los; depois traçar um esboço indicando os espaços dos textos e fotos nas oito páginas do memorial. As amigas da filha ajudaram, pois K. só sabia escrever corretamente em hebraico ou iídiche. Todas deram depoimentos e uma delas fez o esboço. Na primeira página decidiram colocar a bela foto de formatura da filha.

De posse desse material, K. procurou a pequena gráfica do bairro que havia sido de um anarquista italiano chamado Ítalo, freguês antigo, já falecido, com quem K. de vez em quando trocava ironias políticas. K. sempre dava preferência a comerciantes do bairro. No passado, a gráfica imprimia um pequeno jornal anarquista chamado *Labor*. Agora, dirigida pelo filho, imprimia convites de casamento, cartões de visita e notas fiscais.

No dia seguinte K. retornou à gráfica para saber do orçamento e quando o livrinho ficaria pronto. Foi recebido quase aos gritos pelo jovem:

"Como o senhor teve o atrevimento de trazer material subversivo para a minha gráfica? Pegue isso e dê o fora, nunca mais apareça com esse tipo de coisa. Onde já se viu, material subversivo, uma desaparecida política, uma comunista. Ela não era comunista?"

Os desamparados

O certo, quando chega o peso dos anos, é o filho cuidar do pai e da mãe até o último sono e enterrar; os filhos dos filhos repetem, e assim sempre. Agora não sei o que vai ser; o senhor ainda tem sua lojinha, sua filha falava dela, mas nós, o que temos? A aposentadoria da patroa é quantia pouca; eu nem isso; ele foi o primeiro da família a tirar diploma, esforçado, trabalhava de dia e estudava de noite; ganhava bem; todo fim de mês comparecia, recolhia as contas, luz, água; zerava as cadernetas do empório e do açougue. O sobradinho foi ele que ajuntou a papelada, deu a entrada, quitava prestação, não carecia a gente preocupar. A mais nova ajuda, mas pouco, é separada, tem a filha para cuidar. A patroa, rija como ela só, dum dia pro outro branqueou a cabeça de desconsolo, agora desata a chorar à toa; meu esqueleto perdeu serventia; foi acidente de serviço, mas só arranjaram essa merreca de auxílio-invalidez que mal alcança pros meus remédios, e ainda disseram que era de favor porque eu não tinha registro. Bem dizia ele pra eu sempre cobrar um tanto a mais por conta da velhice; dizia que eles dependiam de mim, ele tinha raiva dos usineiros, sabe? E não é que dependiam mesmo? Em todo esse mundaréu do vale, quem eles chamavam para soldar as caldeiras, trocar os reparos das batedeiras, das bombas? Sempre eu. Não tinha hora do dia ou da noite, daqui até Aparecida e pra outra banda do rio também, Caçapava, Jacareí; naquele tempo era laticínio pra todo lado, pastos, plantios, depois fracassou tudo; disso também ele teve percebimento, ele não era de falar à toa, sabe, meio caladão, mas enxergou antes que a roça ia sumir. Depois vieram essas montadoras, fábrica de peças; um dia esse povo vai ter que comer parafuso, não vai ter leite nem requeijão, nem coalhada nem manteiga nem açúcar nem nada; o senhor acha exagero? É, pode ser, isso não foi ele que falou, eu que estou especulando, ele não falava nada sem ter fundamento, está vendo esse apinhado de livro na garagem? Tudo dele... agora, sem serventia; eu aprendi as letras, mas depois do acidente o olho perdeu leitura, só dá para a página do esporte, ainda assim, um tantico; para ele os livros eram tudo, ninguém podia nem tocar. Tirou leitura logo cedo. Desde piá, os outros folgando, ele só lendo; os outros iam empinar pipa, ele buscava livro na casa do tio — acho que eu já falei desse tio, não falei? O Rubens é meu cunhado, irmão da minha mulher, foi diretor de sindicato; dele o meu filho pegou o gosto da leitura e a mania da política; mas eu não culpo o Rubens, não culpo ninguém. É destino. Estamos aqui para purgar nossas culpas, não é mesmo? Lembro do meu filho no Ginásio inventando de fazer um jornalzinho dos estudantes, foi aquele alvoroço, na formatura ele fez o discurso;

estava com catorze anos e já fazendo discurso; no colegial se meteu com coisa da Igreja, um tal de movimento Paulo Freire, ia pros bairro ensinar os operário a ler; quando o Jânio renunciou e teve aquela briga toda com os militares, ele não desgrudava do rádio. Daí em diante não largou mais da política; só sossegou quando entrou na faculdade, mas hoje eu acho que foi um sossego só por fora, pra não dar na vista. O Rubens tinha alertado ele quando teve o sobreaviso no regimento de Caçapava, antes mesmo de acontecer aquilo tudo, mandou os dois tomarem muito cuidado. Cinema ele também gostava, ia sempre, duas vezes por semana, trocava de filme, ele ia; mas jogo de bola não assistia, se a conversa era futebol não tinha opinião, nem conhecia os jogadores. Também não namorava, até o dia que veio aqui com a sua filha, só de lembrar me dá um arrepio; veio e apresentou, sem jeito, ela tão educada, encantou até os vizinhos, era um alegramento. Saíam por aí, iam tomar sorvete na praça, iam para a quermesse, a festa de São Gonçalo milagreiro, de São João, não era só ele, a família toda ela acarinhava, digo de verdade e do coração; se quiser eu paro. Quando saiu aquele anúncio no jornal, a fotografia dela desaparecida, minha filha veio mostrar; tive que escorar a velha numa cadeira, daí por diante foi só desinquietação, mudou até o modo da vizinhança, olhando a gente de lado, com desestima, aqui todo mundo se conhece, correu de boca em boca; minha filha quase perdeu o emprego na Prefeitura; foi indo, foi indo, se acalmaram, mas ainda tem algum que evita nossa calçada, fazer o quê, não é mesmo? As pessoas são como são; a patroa então gostava dela muito, viviam papeando, a filha também, as três, a verdade verdadeira é essa, não tinha quem não gostasse dela... se o senhor quiser eu paro de contar... falavam de tudo, até de mim, da minha aspirina que eu tomo três vezes por dia; sua filha dizia que se não tinha dor não era pra tomar, ela entendia, bacharel e tudo, mas da aspirina eu entendo mais. Ela igual a ele, livro na mão; agora não sei o que vai ser de nós, na nossa família o pontalete era ele, sustentava, acudia, agasalhava, ficamos no desarrimo, não é certo, os filhos é que deveriam enterrar os pais e não os pais enterrarem os filhos, pior que nem isso, nem enterrar podemos.

Imunidades, um paradoxo

O pai que procura a filha desaparecida não tem medo de nada. Se no começo age com cautela não é por temor, mas porque, atônito, ainda tateia como um cego o labirinto inesperado da desaparição. O começo é um aprendizado, o próprio perigo precisa ser dimensionado, não para si, porque ele não tem medo de nada, para os outros: amigas, vizinhos, colegas de faculdade.

E no começo, há esperança, não se pensa no impensável; quem sabe discretamente se consegue a exceção. Assim agem as entidades de experiência milenar no trato com os déspotas, sem alarde, sem acusar. Apenas por isso, no começo, o pai à procura da filha desaparecida age com cautela.

Depois, quando se passaram muitos dias sem respostas, esse pai ergue a voz; angustiado, já não sussurra, aborda sem pudor os amigos, os amigos dos amigos e até desconhecidos; assim vai mapeando, ainda como um cego com sua bengala, a extensa e insuspeita muralha de silêncio que o impedirá de saber a verdade.

Descobre a muralha sem descobrir a filha. Logo se cansará de mendigar atenção. Quando os dias sem notícia se tornam semanas, o pai à procura da filha grita, destemperado; importuna, incomoda com a sua desgraça e suas exigências impossíveis de justiça.

O sorvedouro de pessoas não para, a repressão segue cruenta, mas o pai que procura sua filha teme cada vez menos. Desgraçado mas insolente, percebe então o grande paradoxo da sua imunidade. Qualquer um pode ser engolido pelo vórtice do sorvedouro de pessoas, ou atropelado e despejado num buraco qualquer, menos ele. Com ele a repressão não mexe, mesmo quando grita. Mexer com ele seria confessar, passar recibo.

Sente-se intocável. Vai aos jornais, marcha com destemor empunhando cartazes na cara da ditadura, desdenhando a polícia; desfila como as mães da Praça de Maio, mortas-vivas a assombrar os vivos; imbuído de uma tarefa intransferível, nada o atemoriza. Recebe olhares oblíquos de susto, percebe outros, de simpatia.

Ao deparar na vitrine da grande avenida com sua própria imagem refletida, um velho entre outros velhos e velhas, empunhando como um estandarte a fotografia ampliada da filha, dá-se conta, estupefato, da sua transformação. Ele não é mais ele, o escritor, o poeta, o professor de iídiche, não é mais um indivíduo, virou um símbolo, o ícone do pai de uma desaparecida política.

Quando as semanas viram meses, é tomado pelo cansaço e arrefece, mas não desiste. O pai que procura a filha desaparecida nunca desiste. Esperanças já não tem, mas não desiste. Agora quer saber como aconteceu. Onde? Quando exatamente? Precisa saber, para medir sua própria culpa. Mas nada lhe dizem.

Outro ano mais, e a ditadura finalmente agonizará, assim parece a todos; mas não será a agonia que precede a morte, será a metamorfose, lenta e autocontrolada. O pai que procura a filha desaparecida ainda empunhará obstinado a fotografia ampliada no topo do mastro, mas os olhares de simpatia escassearão. Surgirão outras bandeiras, mais convenientes, outros olhares. O ícone não será mais necessário; até incomodará. O pai da filha desaparecida insistirá, afrontando o senso comum.

Alguns anos mais e a vida retomará uma normalidade da qual, para a maioria, nunca se desviou. Velhos morrem, crianças nascem. O pai que procurava a filha desaparecida já nada procura, vencido pela exaustão e pela indiferença. Já não empunha o mastro com a fotografia. Deixa de ser um ícone. Já não é mais nada. É o tronco inútil de uma árvore seca.

Dois informes

Informe do agente Souza, 20 de maio de 1972. Reunião do comando regional ALN/RJ. Participaram os elementos já consignados: Clemêncio (ou Clemens ou Alcides), Márcio (ou Cid), Álvaro (ou Fernando, ou Mário) e um Rodriguez, ainda não consignado, além deste agente. Ponto na praça Saenz Peña com Márcio, único contato depois da liquidação do Yuri. Os nominados se reuniram num aparelho novo ou antigo mas mantido em reserva. Consigne-se: treme-treme na Conde de Bonfim 663, quitinete de primeiro andar, apartamento 2, fim do corredor, com rota de fuga pela janela dos fundos, dando para uma subestação da Light; não tem porteiro; e nem precisa pegar elevador. Porta reforçada por dentro, com duas trancas de caibro. Corda grossa, presa à janela, facilita fuga no caso de invasão. Márcio tinha as chaves. Dez minutos depois chegou o nominado Álvaro e um elemento desconhecido apresentado como Rodriguez. Consigne-se: Rodriguez é de altura mediana, magro, cabelo negro e de feições marcantes, com maxilar saliente e sobrancelhas cerradas, idade entre vinte e oito e trinta anos. Dá para fazer retrato falado. Mais alguns minutos e chegou o elemento já conhecido Clemêncio, que agiu como chefe logo que adentrou o recinto, embora só tenha dezenove anos como consignado. Três terroristas estavam armados de revólveres de empunhadura curta: Álvaro, Clemêncio e Márcio. Eu também, seguindo instruções. O elemento desconhecido Rodriguez não estava armado, deve ser retaguarda de apoio e não GTA. Os nominados já sabem que as últimas capturas se devem a infiltração. Clemêncio declarou que tem um suspeito e propõe que seja formada uma comissão de inquérito sob sua chefia, com o objetivo de chegar ao justiçamento. Mas não adiantou o nome do suspeito. Márcio disse que era preciso muito cuidado, ter provas. Clemêncio falou do risco de debandada; era preciso apressar o inquérito e o justiçamento para intimidar os hesitantes. Disse que a ideia de traição era muito forte e que podia ajudar a reagrupar a organização em torno da nova estratégia de um Estado insurrecional permanente, com focos dispersos e recuados no interior e ações táticas urbanas. Rodriguez não se manifestou. Esse Rodriguez foi apresentado como vindo do Paraná, mas deve ser de São Paulo, porque no Paraná não tem mais nada, conforme já consignado. Praticamente não falou. Senti que não gostou da minha presença. A reunião foi rápida e dissolvida sem mudanças de procedimentos, pontos ou senhas. Não foi mencionada nenhuma outra ação, nem marcado novo encontro, sendo isso tudo o que havia a relatar.

Ele desconhecia aquele aparelho; vai ver um dos últimos, talvez o derradeiro. A reunião fora curta e nervosa, como antecipara. Seguindo instruções, apoiara a proposta de justiçamento do delator. Depois alegou razões de segurança para sair logo. Queria escrever o informe sem perder os detalhes. Dobrou a esquina e pegou um táxi a esmo. Para o centro, falou. Mandou parar a dois quarteirões da Barão de Mesquita e completou o percurso a pé. Redigiu o informe direto na máquina, para ganhar tempo. Enquanto datilografava, evocava os rostos agoniados da reunião, sabia que o momento era decisivo; o primeiro encontro do comando regional depois das prisões todas e da liquidação do chefe, eles precisavam encontrar a infiltração. Havia o risco de ser desmascarado e justiçado, um perigo. Antes do ponto, passara a tarde em desassossego, recapitulando um a um os últimos contatos, para se certificar de que não deixara flancos abertos, nenhuma suspeita. Só depois de concluir que dele não suspeitavam é que cumpriu o ponto. Antes ainda praticou meia hora de meditação. Mas e do lado de cá? O chefe pode prolongar a operação para chegar a nomes ainda desconhecidos, esse Rodriguez, por exemplo, pode levar a outros; mas também o chefe pode acabar com tudo já. A decisão de sumir com os remanescentes já foi tomada, sei disso muito bem, só esperam o momento certo, os caras estão fodidos, é questão de tempo, Estado insurrecional permanente, esses caras estão loucos, totalmente fora do real, insensatez completa. Mas e ele, o que será dele, depois que tudo acabar? Sem serventia, ele se tornará descartável, além disso sabe demais. Quem garante que não sumirão com ele também? Pois não sumiram com o cara infiltrado na VPR? Merda, que situação, tenho que achar uma saída. E pensar que me meti nesse atoleiro por causa de mulher, aquele mulherio todo nas assembleias, e a sacana da Laura que me aparece de repente com o cara todo machucado, assalto a banco, aquela era a hora de bater a porta na cara deles. Expropriação, ela falou, e eu com isso, por acaso me perguntaram? Depois me ofereceram a tal saída para a Argélia, queriam mesmo que eu fosse, decerto ficaram com medo de eu falar, era isso ou a clandestinidade total; devia ter ido, me safava fácil, no dia seguinte caía fora e pronto. Mas quem ia imaginar que essa loucura ia chegar aonde chegou?

Olhou em torno, ainda estava só no cubículo dos cachorros, o filho da puta nos chama de cachorros. Relembrou a noite pavorosa em que arrancaram sua unha, disseram que iam arrancar todas, uma a uma, até ele concordar em mudar de lado. Agora que não precisavam mais dele, que garantia tinha? Nenhuma. Não ia se deixar matar depois de tudo o que sofreu. Precisava tempo para achar uma saída. Puxou o informe da máquina, fez dele uma bolota de papel e a meteu na boca; ainda bem que eram folhas finas e pequenas, de bloco; esperou que umedecesse e disfarçadamente passou a esmagá-la com os molares. Enfiou nova folha na máquina e iniciou outro relatório:

> Informe do agente Souza, 20 de maio de 1972. Reunião do comando da ALN/RJ; ponto marcado na praça Saenz Peña, com Márcio, único contato depois da liquidação do Yuri. Espera regulamentar de dez minutos sem o aparecimento do nominado; ponto repetido quinze minutos depois, conforme procedimento-padrão, sem o aparecimento do nominado. Operação abortada. Aguardo instruções.

Tirava o informe da máquina quando a porta se abriu e entrou o chefe; engoliu de um golpe a bolota de papel e estendeu a ele o relatório, enquanto inventava, aflito, a explicação para o rosto afogueado e o suor que lhe escorria pela testa.

Baixada Fluminense, pesadelo

Naquela noite K. dormiu profundamente pela primeira vez desde o desaparecimento da filha. A viagem à Baixada Fluminense o deixara exausto. Acordou descansado, mas perturbado pelo sonho que tivera, quase um pesadelo, pois o sentiu como castigo pela sua estupidez do dia anterior, embora confuso como são os sonhos, este mais ainda porque continha cenas estranhas, que agora tentava decifrar. Uma logo lhe veio à mente, nítida. Ele cavoucava o solo com uma pá, embora fosse uma pá comum de lâmina chata, retirava de cada vez quantidade descomunal de barro, como se fosse uma escavadeira mecânica, de modo que o fosso logo se aprofundou. Esse era o sentido óbvio do sonho, ele deveria ter feito a escavação no dia anterior e não fez, depois de todo esforço para chegar até aquele canto perdido da Baixada Fluminense. Lembrou-se da mulata, carregando um nenê no colo, que lhe indicara o ferro-velho, o único perto da estação. Chegava-se ao grotão caminhando quatrocentos passos regulares em direção aos morros, contados a partir do portão do depósito. Lá estava, de fato, a vereda e no final dela, a rocha esférica de granito descrita pelo jornalista. Ali haviam sido enterrados presos políticos desaparecidos, dissera o jornalista. K. estranhou o solo duro, empedrado, mal aceitando uns poucos tufos de tiririca e capim-barba-de-bode sujos e desbotados. Nenhum sinal de terra revolvida. Talvez isso tenha dado início ao seu desânimo. Também errou ao não chamar ninguém para acompanhá-lo na empreitada. De tanto procurar a filha junto a gente importante, até no estrangeiro, se afastara das ações coletivas, embora, é claro, toda família fizesse também suas buscas próprias, mobilizasse seus conhecidos, relações de parentesco, mesmo as mais remotas, ou de emprego, isso todos faziam e tinham que fazer; mas há coisas que não se fazem sozinho; só ao atingir o lugar indicado K. percebeu a insensatez da sugestão do jornalista de contratar um trator ali mesmo na cidade e mandar cavar. Como se fosse simples desenterrar um esqueleto ou talvez mais de um sem nenhuma técnica, estragando tudo, sem uma autoridade presente testemunhando e lavrando ata, sem um perito, sem chamar a OAB; não é assim que se faz; vai ver nunca pensara seriamente em escavar; depois de tantos informes falsos, tantas buscas inúteis, já se viciara em buscar apenas por buscar, para não ficar parado; quando estava só, sem fazer nada, eram os piores momentos; a imagem da filha vinha tão forte que doía; por isso, a qualquer palpite, mesmo absurdo, ele se mexia; não foi o caso desse jornalista, pessoa séria, com boas fontes na polícia, famoso por suas reportagens investigativas; depois, o cenário exatamente como ele descrevera; é verdade que poderiam ser corpos de vítimas de crime comum e não de desaparecidos políticos e ele lá sozinho, de repente mandando um trator revolver o chão, certamente chamaria a atenção; um perigo. Mas não foi por medo que ele nada fez; um pai à procura da filha desaparecida não tem medo de nada; pouco lhe importa o que possa acontecer, depois do que já aconteceu. Não, não foi medo, foi desânimo, falta de vontade, exaurido só de chegar e conferir o lugar; e o fato de estar só, é claro. Ele deveria passar o informe à comissão dos familiares e, em conjunto, deveriam ir para decidir; isso ele ainda podia fazer; daria sentido à sua solitária expedição, como se tivesse sido uma checagem preliminar da informação; essa reflexão o tranquilizou. Logo lembrou outra parte do sonho: ele estava no fundo do buraco, ainda cavando, e ao voltar seu olhar para cima deparou com aqueles rostos todos rodeando a cova, encarando-o lá de cima, sim, porque já era como uma cova, e ele lá no fundo e todos olhando para ele, todos os seus amigos literatos, os irmãos Cohen, a Rosa Palatnik, o advogado Lipiner, o português da padaria, o vizinho espanhol, o sócio da loja, aqueles rostos tão familiares, do alto olhando para ele; os rostos familiares, é isso, rostos familiares, familiares dos desaparecidos. Onde ele estava com a cabeça que não compartilhou a informação na reunião dos familiares? Intrigado, não lembra mais de que forma o olhavam: se com raiva, ou com curiosidade, ou indiferentes, ou ansiosos, e ele cavoucando, cavoucando. De repente K. se lembrou de outra cena, quando a pá bateu numa pedra e debaixo dela saiu uma cobra e ele a matou de um golpe só, antes de ela dar o bote; e logo ele já estava fora do poço e, embora não tivesse sido picado pela cobra, sentia calafrios, como se estivesse doente ou febril; e não havia mais ninguém, todos haviam sumido, só estava lá uma mocinha mulata com uma criança no colo, e essa mocinha era a empregadinha que ele havia contratado muito antigamente, ainda bem novinha, devia ter uns quinze anos, para cuidar da filha quando a mulher ficou mal, com as notícias da guerra, a ponto de não ter ânimo para nada, a filhinha tinha só três anos e essa menina, chamada Diva, cuidava da criança, e no sonho ele sentia o calafrio aumentar; e, quando foi ver, a criança era sua filhinha, e a Diva falou: vá se deitar, está na hora de tomar o quinino, e ele se lembrou da maleita que pegou quando foi cavoucar um terreno lá nos baixos da Água Fria, um terreno comprado de um amigo na base da confiança e quando foi ver era um alagado, e ele foi lá colocar a cerca, demarcar, e lá matou três cobras, e a pá era de lâmina chata, e o chão muito mole, porque era um brejo, tanto assim que pegou a maldita maleita. Ele tinha só trinta e oito anos, foi o primeiro terreno que conseguiu comprar, e depois, quando valorizou, mesmo sendo um brejo, ele vendeu e com isso conseguiu dar a entrada na casa; foi bem naquela época da filhinha ainda bebê e a mulher toda traumatizada, e ele delirando de maleita e quem cuidava da filha era a mulatinha Diva; tinha esquecido da Diva, onde será que ela está? A Diva também tinha desaparecido; um dia, pediu a conta e se foi, depois de morar com eles mais de dez anos. Já era da família, embora sempre comendo separado, mas dormia no mesmo quarto da filha, eram quase como irmãs. Se foi, sem dizer para onde, sem deixar endereço, como se tivesse se ofendido, mas é claro que desapareceu de outro jeito, ninguém desapareceu com ela; deve ter cansado de ser empregada, arranjou um marido e mudou de bairro, de cidade, mas a filha ficou triste com o sumiço assim repentino, aturdida, a família toda se ressentiu; e no sonho ela volta, com uma criança no colo e K. estende as duas mãos para pegar a criança, e ele nem sabe como pegar porque nunca havia feito isso, mas estende as duas mãos e pega assim por baixo, e traz a criança para si, e quando olha a criança está sorrindo, é um bebê, mas o rosto é da sua filha.

Paixão, compaixão

I

No começo foi medo. Muito medo. Medo de ele machucar meu irmão; minha família; medo de ele me machucar. Hoje é paixão, pode acreditar, paixão pura, paixão louca. Dos dois, minha e dele. E paixão não se julga, paixão acontece. Nem a senhora veio aqui para me julgar, não é mesmo?

Às vezes penso que foi a chuva. Cheguei encharcada, minha blusinha fina grudada no corpo, água escorrendo dos cabelos, a calça pingando, eu ali indefesa, igual passarinho entorpecido na frente da cobra, tiritando de frio e morta de medo, uma presa, ele podia fazer o que quisesse, dar o bote, me comer, me esmagar. Depois ele contou que naquele dia sentiu o maior tesão. A senhora desculpe eu falar assim, é o meu jeito.

O que ele fez? Nesse dia não fez nada. Mandou alguém buscar uma toalha, esperou eu me enxugar, deu tempo para eu me acalmar, até ofereceu conhaque, para espantar a friagem, ele disse, um cavalheiro. Foi no dia seguinte que aconteceu, quando eu voltei com as duas fotografias do Zinho, que ele disse que precisava para fazer o passaporte. Ele largou as fotografias em cima da mesa e me levou para uma outra sala, uma espécie de anexo, bem ao lado, com cama e toalete, sem falar nada levantou o vestido, baixou minha calcinha e me apertou. Eu me entreguei toda.

Se era o que eu queria? Acho que sim, decerto eu esperava, porque eu me preparei, sabe? Fui à cabeleireira, vim de vestido decotado e solto. Eu percebi o olhar dele no primeiro dia. E se eu negasse, ia adiantar? Nada. Depois de pisar lá dentro não tem volta. Um homem tão poderoso, um pode-tudo, que mulher resiste? E o passaporte não ia sair, não é mesmo?

Mas o que importa é que virou paixão. E aí não interessa se o cara é um bandido, se é casado ou solteiro, ou o que seja; não sei se a senhora já viveu uma paixão, se a gente nega, ela só aumenta, vira doença, arrebenta com a gente. A senhora não pense que paixão e amor são a mesma coisa, paixão é loucura, é cegueira, a perda completa do nosso discernimento. É como se ele tivesse me hipnotizado. Porque se eu fosse pensar, como é possível eu estar vivendo com um homem que todos dizem que é um monstro?

II

Eu sei o que falam dele. A senhora não precisa me dizer. Pensa que eu fui procurar ele por quê? Fui lá como hoje a senhora veio aqui. Para pedir. Para implorar. Sabia que só ele podia garantir a volta do meu irmão. Eu já tinha feito de tudo, sabe? Sou advogada, conheço pessoas influentes, mas não tinha jeito. O Zinho estava encrencado demais com os caras lá no exílio, tinha que fugir mas não tinha passaporte. Chegou a pensar num salvo-conduto de outro país, depois atravessar para cá, mas desse jeito, se fosse pego, no dia seguinte podia aparecer morto, ou sumir ninguém sabe como.

Só ele podia resolver. Isso eu ouvi de uma pessoa importante, um advogado de quem fui meio sócia até ele ir pro Supremo. Depois se aposentou. Sócia é modo de dizer, eu descobria sitiante com propriedade rural encrencada ou precisando de dinheiro e ele arrematava na bacia das almas. Ele me deu o telefone e me autorizou a falar em nome dele. A senhora acredita que fui atendida na hora? Antes de acabar o primeiro toque. É o número que eu uso até hoje. Uma espécie de telefone vermelho. Só quem tem sou eu e alguns homens lá em cima.

Eu chamo ele de chefe e ele me chama de garota. Me chamou de garota a primeira vez no dia em que me entregou o passaporte. Ele disse: garota, faça chegar ao seu irmão, e não se fala mais disso, nunca mais vamos falar dessas coisas. Às vezes, no meio de uma transa, me chama de gostosa. Tudo bem, na cama tudo bem. Mas fora disso é só garota. Eu não sou coisa para ser chamada de gostosa, não é mesmo? Sou mulher e independente, tenho profissão. Garota eu gosto, é carinhoso.

III

A gente tem esse trato, sabe? Ele não pergunta o que eu faço e eu não pergunto o que ele faz. Não é que eu não pergunte nada, é mais complicado, como tudo entre homem e mulher, não é mesmo? Uma vez eu joguei um nome, assim como quem não quer nada, de manhã, como quem está lendo no jornal, e observei a reação. Ele sabia que não era por acaso. É muito perspicaz. Mas fingiu que não sabia. Depois fiz isso mais umas duas vezes. É um jogo que ele aceita para me agradar. Ele faz de tudo para me agradar. Ele tenta responder sem responder. Eu não abuso, só fiz isso essas poucas vezes. Aprendi a adivinhar, mesmo ele não respondendo, se ele diz olha, garota, esqueça esse nome, ou algo parecido, então eu já sei que aconteceu o pior. Só uma vez ele reagiu diferente, disse esses jornais não sabem de nada, vai ver essa subversiva está longe daqui com outro nome; disse de um jeito que eu desconfiei que foi ele mesmo quem soltou a menina... parecia se jactar.

Calma, estou chegando lá, estou explicando como são as coisas, porque é muito difícil... é uma coisa delicada, a senhora tem que tentar entender, assim como eu tentei. Na sexta passada eu fiz isso, mencionei o nome do seu filho como quem está lendo no jornal. E o que aconteceu? Só de ouvir ele retesou. Pensei até que ia fazer uma besteira. Aí ele me encarou muito sério, a xícara de café parada no ar, deixou passar uns segundos, como quem pensa no que dizer ou quer se acalmar, estou contando tudo isso assim, devagar, para a senhora sentir como eu senti e ele disse: garota, esquece, não fale mais nesse nome, nem aqui nem lá fora. Nunca mais. Aí eu entendi. A senhora entendeu? Eu entendi que ele está morto, não existe mais, está morto, desculpe, mas é isso, seu filho está morto, merda!

IV

Beba um pouco d'água, isso. Pronto. Não, eu não tenho filhos, mas sei o que a senhora sente porque o Zinho para mim é mais filho do que irmão. Foi por isso que eu arrisquei tudo por ele. Eu chamo ele de Zinho porque ele era o meu nenezinho, nós éramos cinco irmãos, só eu de mulher, eu com doze anos quando o Zinho nasceu, temporão. Os outros todos já crescidos. Minha mãe ficou com depressão pós-parto, o nenê quase morreu de tanto abandono, e quem salvou ele fui eu. Meus irmãos já tinham caído no mundo metidos em negócios. Cuidei do Zinho como meu filho. Só não dei o peito porque ainda nem tinha seios. Eu fui a mãe dele, a verdadeira mãe dele, a vida toda. E pensar que hoje nem fala comigo; me rejeita como se eu fosse uma leprosa. Ele e os outros. Só minha mãe fala comigo. As mães sabem, as mães não são como as outras pessoas. Minha mãe sabe que eu trouxe o Zinho de volta, que eu salvei o Zinho de ser morto, não podendo escapar lá onde estava porque não tinha passaporte. Dizer que por causa dele eu mudei minha vida e hoje ele me renega.

V

Se eu não imaginei que isso podia acontecer? Eu tive um pressentimento, senti que estava entrando num caminho perigoso e sem retorno. Mas nem tive tempo de pensar. Naquela tarde de chuva, quando ele atendeu no primeiro toque do telefone, meu coração parecia que ia sair pela boca. O meu amigo advogado tinha recomendado: vá direto ao assunto, sem rodeios. E foi o que eu fiz. E ele perguntou, onde você está agora? Eu disse, num orelhão, acabei de sair da academia e estou num orelhão, e ele perguntou você pode vir aqui agora? Veja só, era um teste, eu sei como é isso porque eu sou advogada, fiz muitas vezes. Você testa se o sujeito está mesmo empenhado, se está disposto a tudo. E eu sabendo que era um teste, pegar ou largar, tendo aquele pressentimento de caminho sem volta, mas não tendo tempo de pensar, de avaliar. Falei vou, me dá o endereço que eu vou. Claro que eu sabia o endereço. Era para ter a senha, a confirmação, poder chegar lá e dizer, vim falar com fulano, já estou sendo esperada. Todo mundo conhece aquele prédio que dá medo até de longe.

VI

Eu sei desse caso do padre que se matou por causa dele, não sei de tudo, mas o que sei já me deixa mal. Eu li a história. Quando eu posso, eu leio, afinal, é o meu homem. Nós não falamos disso, temos esse pacto, mas eu quero saber. Preciso saber, tentar entender. Como é que um homem assim, tão bom comigo, pode ser tão ruim com outros. Eu não sou nenhuma santa, podendo tirar vantagem eu tiro, mas crueldades como estas, da parte dele, confesso à senhora que me assustam... quando eu li me deu pânico.

Uma vez ele disse: é uma guerra e na guerra ou você

mata ou você morre. É que para ele padre não deve se meter em política. Eu também acho isso, só que ficou essa coisa de respeito, que eu tinha no Paraná, quando achava que padre era homem de Deus. De menina eu rezava muito; o Zinho era uma criança fraca, vivia doente e eu rezava para ele sarar, não tinha a quem recorrer e rezava.

Uma vez ele disse que padre que se mete em política não é padre, é terrorista. Foi quando eu percebi que ele odiava padre. Uma coisa é não gostar, como hoje eu não gosto. Outra coisa é odiar. Ele falava padre e fazia cara de nojo, chegava a se alterar, o nariz avermelhava. Outra vez ele falou esses padres são todos tarados. Eu não perguntei, mas fiquei com a impressão de que algum padre andou bolinando com ele quando ele era coroinha. Sei que ele foi coroinha porque vi uma fotografia.

No dia que prenderam os dominicanos ele festejou. Parece que fecharam um restaurante na Lapa só para eles; a equipe toda foi comer e encher a cara. Nunca tinha visto ele tão alegre, como se tivesse se livrado de um peso. Fiquei sabendo dessa farra porque eles combinaram pelo telefone e eu escutei. Aquela noite ele chegou tarde e me pegou como um touro. Foi a única vez esse tempo todo que voltou aquele medo do primeiro dia. Foi uma noite difícil. Tive palpitação, sabe? Uma hora eu pensei que eu é que estava sendo torturada, esganada, não o padre. De manhã, quando eu acordei, ele já tinha saído. Pensei muito durante a manhã toda. Mas eu não tinha nem com quem falar. Até meus irmãos me abandonaram. Foi quando eu me dei conta de que tinha virado um bicho solitário, um bicho como ele, uma mulher maldita, olhada com nojo pelos vizinhos, sem família, sem amigos, como se fosse a mais puta das putas. Só eu e ele. Acho que é por isso que recebo pessoas como a senhora, não é que eu possa fazer alguma coisa, nem é só por compaixão, é que assim eu volto a me sentir gente, mesmo quando tenho que dar uma notícia ruim.

VII

Sádico? Comigo não. Nunca. Nem naquela noite, depois que prenderam os padres. Ele foi possessivo, mas não foi sádico. Ele tem é ódio de comunista, isso sim, ódio e desprezo, noto pelas conversas no telefone, que às vezes eu escuto. Se o sujeito é comunista ele vai com tudo, tem carta branca, esmaga como se fosse uma barata. Só respeita um pouco se o cara for durão. Às vezes eu acho que outro problema foi o padre não ter resistido mais, embora sendo padre ia dar no que deu do mesmo jeito.

Ele odiava padre mais do que odiava comunista, acredita? O ódio a padre era pessoal, era dele. O ódio a comunista era diferente, tinham inculcado nele, foi assim que eu entendi, era missão, ele tinha que acabar com eles de qualquer jeito, era um acordo, para se livrar das outras acusações, era uma chantagem dos militares em cima dele.

Veja bem, não estou defendendo, não estou justificando, de jeito nenhum. Mas a senhora pensa que esses comunistas eram todos uns santos? Pois fique sabendo que ele tinha informantes em todos esses grupos, não era polícia infiltrado, era comunista mesmo traindo comunista, eram os cachorros, ele chamava de cachorros. Eu ouvia às vezes pelo telefone: chame o cachorro. Marque o ponto com o cachorro.

Um dia eu estava lendo o jornal e falei de um artista que chegou a ser preso pelos militares e escrevia canções para crianças. E ele falou esse aí é um belo filho da puta, não precisei nem acender o cigarro, só falei em buscar o filho dele e o cara entregou mais de cinquenta, entregou quem era e quem não era. Foi a única vez que admitiu que torturava, isso de acender o cigarro, buscar um filho, onde já se viu? Eu abomino esse tipo de coisa. Também a única vez que ele quebrou nosso acordo de não trazer para casa as sujeiras do serviço dele.

VIII

Não era para ninguém ficar sabendo. O acordo era este. Mesmo porque ele é casado. Eu já tive outros e ele teve os casos dele. Ninguém tem que se meter. Eu não queria que ninguém soubesse. Muito menos o Zinho. Logo no segundo dia eu pedi isso e ele concordou. Com esse movimento aqui em frente até de madrugada, um monte de bares e restaurantes, podia passar despercebido. E a senhora viu como é a entrada. Desce uns degraus e entra direto. Não tem que atravessar portaria nem nada. Ele vem quase todas as noites, diz para a mulher entrevada que está trabalhando. Nunca no mesmo horário e sempre em carro de chapa fria. Desce uma esquina antes ou uma depois. Não é só o segredo, é a segurança. Agora nem tanto, depois que morreu o Marighella ele relaxou. Mas antes era bem rigoroso. Ele mesmo me avisou que meu telefone estava grampeado, mas era por questão de segurança, e que às vezes tinha campana. Vinha um e ficava do outro lado da rua, um pouco antes de ele chegar ou antes de ele sair. Antes de sair, sempre telefonava.

Tínhamos combinado que ele não atenderia telefone. Eu é que sempre atenderia e, se fosse o caso, passaria para ele. Tinha senha. No começo era quero falar com o chefe, depois mudou quero falar com o superior. Poucos podiam telefonar, era só para emergências. Mas aí aconteceu aquele telefonema internacional. O delegado, por favor? É urgente. E eu passei para ele. Não tinha senha, mas como era internacional e o cara disse que era urgente, eu passei. E não era urgente coisa nenhuma, era um ardil dos comunistas, eles tinham ouvido algum boato e queriam confirmar. Foi depois disso que o Zinho passou a me evitar. E o resto da família também. Depois os poucos amigos que eu tinha. Mas minha maior mágoa é a rejeição do Zinho. Acho que foi ele que quis tirar a prova. Hoje não tem mais segredo nenhum, ele atende telefone do mesmo jeito que eu. Em compensação a segurança aumentou de novo.

IX

Eu sei que a minha história não lhe interessa. Não precisa ficar constrangida. Nem precisa agradecer. Eu só acho chato ter que dar notícia ruim. Mas a senhora já sabia, não é mesmo? Todos já sabem, fingem que têm aquele fiapo de esperança, ou vai ver que é culpa, acham que têm que continuar procurando, continuar se enganando, se ocupando. Como eu disse, a senhora não é a primeira que me procura. Eu sei como isso é importante. Vamos falar claro: procurar uma pessoa como eu, a amante daquele monstro, não é como procurar um general conhecido, que defende o sistema, mas nunca sujou as mãos, ou um amigo do governo, ou mesmo um carcereiro que só obedece a ordens. Procurar uma pessoa como eu é a prova de que a pessoa fez de tudo, até falou com uma pessoa como eu. Não me iludo, sei que continuam me achando uma sem-vergonha, e que me procuraram justamente por isso, até uma puta eu fui procurar. Não é o que eu mesma fiz para trazer o Zinho? Não fui de vestido solto, decotado? E não foi assim que tudo começou? Eu também preciso de vocês, para compensar isso tudo, essa meleca toda em que fui me meter. É por isso que a senhora não precisa me agradecer. Eu é que agradeço.

X

Claro que eu não tenho culpa de me apaixonar. Alguém tem culpa de se apaixonar? Agora sim, estamos nos entendendo. Nós já falamos de mãe para mãe, agora falamos de mulher para mulher. A mulher só é culpada se negar a paixão. O crime não é se apaixonar, o crime é se negar, um crime contra si mesma. Vale para a mulher, vale para o homem, não é mesmo? Vou dizer agora uma coisa para a senhora muito da minha intimidade. Às vezes no meio de uma transa me imagino por uma fração de segundo no lugar de outra e essa outra é uma presa que está sendo currada. Me dá um frio. Nunca disse isso a ninguém, nem aos padres.

Parei de confessar faz tempo. Como eu disse, de pequena no Paraná eu era muito católica, meu pai também, que Deus o tenha, mas a advocacia muda muito a cabeça da gente, fiquei descrente dos padres, chego a entender o desprezo dele. Teve um dia, depois que comecei a viver com ele, que eu fui confessar, sabe? Quando tive certeza que estava apaixonada e ele também, eu me apavorei e contei tudo ao padre confessor, com quem estava vivendo e as barbaridades que falam dele. E sabe o que o padre disse? Disse que viver carnalmente fora do matrimônio é pecado, mas que Deus me perdoava. Ora, então para ele o pecado é esse? E o resto? E as mortes, as torturas, não são pecados? Dormir com quem fazia isso não era viver em pecado? Na segunda vez o padre disse que tudo o que estava acontecendo era desígnio de Deus. Aí eu parei de me confessar.

XI

Claro que já pensei em abandonar ele. Antes, pensava todos os dias. Não que a paixão tivesse acabado. Ela não acabou. É pelo preço que estou pagando. Mas abandonar como? E o medo de separar? Não é mais aquele medo do primeiro dia, que já era grande, medo do sujeito cruel e sem escrúpulos, com poder de vida e morte sobre os outros, sobre o Zinho. Agora é aquele medo e mais o medo do ciúme, do homem enraivecido por ter sido abandonado. Quantos já não mataram a mulher só por causa disso, mesmo sem ela trocar por outro? Pois imagine se esse homem é ele? E hoje eu penso, de que adianta? Já estou queimada mesmo, repudiada pelos meus irmãos, sem poder ver meus sobrinhos; marcada como se fosse com ferro quente na testa, como se marcam as ancas do gado no Paraná.

Essa marca vai ficar para sempre. Assim como a senhora vai carregar a sua dor até o dia em que morrer, eu também vou carregar essa marca até o dia em que morrer. Meu consolo é que eu salvei o Zinho. A senhora não conseguiu salvar seu filho... é triste, muito triste, não precisava ser assim. Vou levá-la até a porta. Não, não agradeça, eu é que agradeço.

Um inventário de memórias

As fotografias estavam em desordem, misturadas com cartas e negativos. Havia também um maço de receitas médicas. K. encontrou a caixa azul por acaso, atrás dos tomos de sua enciclopédia iídiche encadernada na mesma cor e tonalidade. Era como se a filha a tivesse posto ali de propósito, para só ele a encontrar. Ou a teria escondido, para ninguém encontrar?

Quando deparou com fotografias da filha em situações e cenários que nunca imaginara, percebeu de novo o quanto da vida dela ignorara e ainda ignorava. Além da pose com as duas amigas, que ele conhecia bem, e as fotografias previsíveis no trabalho, trajando o avental branco do laboratório, havia outras, surpreendentes.

Numa delas, a filha monta um cavalo. Em que sítio ou fazenda isso teria acontecido? Em outra, rodopia, numa roda de dança. K. ergue as fotografias uma a uma e as examina com vagar, vestígios preciosos, pedaços da vida da filha. Tenta sem sucesso identificar a cidade do interior na foto da filha ao lado de um coreto no centro de uma pracinha.

E só agora percebe, naqueles recortes de tempo e espaço, como a filha fora um ser frágil. K. nunca imaginou que fotografias pudessem suscitar sentimentos assim fortes. Algumas parecem até querer contar uma história. Para ele, isso só conseguiam um Puchkin ou um Sholem Aleichem, com a força das palavras. Fotografias, ele antes pensava, eram apenas registros de um episódio, a prova de que aquilo aconteceu, ou retratos de pessoas, um documento. No entanto, ali estão fotografias da sua filha sugerindo delicadeza e sensibilidade. Parecem captar a alma da filha. Sentiu um quê de fantasmagoria nas fotografias dela já morta, um estremecimento.

Eram poucas fotografias e apenas uma da filha criança, sentada ao lado do irmão do meio, ambos numa charrete infantil. Ela deveria estar com cinco ou seis anos, ele com dez ou onze, crescido demais para o tamanho da charrete. Pareciam se divertir. Foi num parque de diversões, ou no Jardim da Luz?

Então, lembra-se. Foi mesmo no Jardim da Luz. Ele os tinha levado a passeio. Logo depois o irmão a empurrou para dentro do lago, quando ela se inclinou para ver as carpas. A brincadeira, que a humilhou, era típica da relação entre os dois. A foto da charrete fora tirada por um lambe-lambe. K. nunca soube manejar uma máquina fotográfica.

Ali estão também cópias das duas fotografias que ele já possuía, o retrato da formatura, solene, em que ela aparece orgulhosa mas circunspeta, ligeiramente de lado de modo a acentuar seu perfil anguloso e seu olhar grave, e a foto dela sentada na beira de uma cama ou sofá, o rosto chupado, os lábios finos muito apertados e um olhar de angústia extrema.

Nem parecem retratos da mesma pessoa, agora ele percebe isso com clareza.

Essas duas fotografias ele levara à polícia, quando registrou o desaparecimento, e depois ao tal médico, no Rio de Janeiro. Por motivos obscuros, dificilmente para expiar culpas, já que um tipo desses é como um animal, sem noção do certo e do errado, esse médico dispusera-se a reconhecer desaparecidos políticos observados por ele em sessões de tortura. Sua função era impedir que o supliciado morresse antes de revelar o que os algozes queriam saber. Para esse encontro K. levara também uma única fotografia do marido da filha, que ele conseguiu da família dele. Só agora, ao vasculhar a caixa azul, ele encontrou uma dos dois juntos.

K. repassa mais uma vez, mentalmente, o encontro com o médico; a aversão mal contida que sentiu ao entrar na sala. Perante o retrato solene de formatura da filha, o médico fez sinal negativo peremptório. Não a reconheceu. Confrontado com a segunda fotografia, a do rosto sofrido, repetiu a negativa, mas K. sentiu hesitação. Depois, ao ver a foto do marido, novo sinal negativo, mas dessa vez K. teve a certeza de que o homem se perturbara. Foi por isso que K. repetiu a exibição das fotografias. Mas nada. O médico reafirmou não reconhecer nenhum dos dois. K. voltou para São Paulo frustrado e infeliz, principalmente porque convenceu-se de que alguma coisa o médico sabia, mas não quis revelar. Deve ter sido algo terrível. A falha foi sua.

À medida que separa mais fotografias, e as examina lentamente, uma a uma, tentando identificar cada cenário, adivinhar através de detalhes do penteado ou das roupas o momento ali congelado, K. afunda mais e mais dentro de si mesmo. Não encontra nenhuma fotografia da filha na companhia da mãe ou do pai ou do irmão mais velho. Era como se ela não tivesse tido mãe nem pai; apenas um irmão.

O irmão mais velho ela de fato mal conheceu, porque quando ela nasceu ele já havia se rebelado contra a família e vivia mais na rua do que em casa. Ela devia estar com nove anos quando ele partiu para viver no Kibutz em Eretz Israel.

A falta de fotografias da mãe explicava-se por sua abulia permanente. A filha nascera em plena guerra, a mãe assombrada pelos rumores de chacinas de sua família na Polônia. Pior, depois, ao crescer com a mãe já derrotada pelas certezas dessas chacinas.

K. perturba-se por não encontrar fotografias dele com a filha, embora ela fosse sua favorita, e ele a levasse todos os dias ao colégio, e a mimasse, como uma princesa. Deu-se conta de que nunca montara um álbum de fotografias da filha. Todas as famílias compilavam álbuns assim, menos a sua.

Do filho mais velho, o primogênito, sua mulher havia montado um álbum inteiro, desde quando era bebê até o casamento, depois ele magrela no Kibutz em Eretz Israel, depois as netas. Do filho do meio tinha aquela composição, obrigatória na época, da criança sorrindo em várias posições. Colocaram numa moldura bonita, mas álbum não. E da filha nada. Nem moldura, nem álbum. A mãe achava a filha feia. K. sabia disso. Deve ter sido isso, ele pensou. Mas ele não achava a filha feia, mesmo assim não fez álbum.

K. trouxera da Europa um álbum de retratos naqueles tons marrons enevoados de sépia que emanavam certa magia. Retratos dos pais, do tio Beni, que depois foi lutar no Exército Vermelho, dos irmãos em Berlim, da velha casa em que moravam em Wloclawek. E as fotografias dos amigos literatos, o grupo todo reunido, em Varsóvia. Ele jovem, já no meio daquela gente importante. Orgulhava-se especialmente daquela fotografia ao lado do grande escritor Joseph Opatoshu. Lembrou-se que nas duas últimas folhas vazias a mulher colara retratos dos filhos, não mais que dois ou três, e uma fotografia da primeira neta. Mas nenhum retrato da filha.

K. impressiona-se com uma série de fotografias tiradas em Parati, em 1966, conforme estava escrito no verso de algumas delas. Embora se percebesse também nessas fotografias a suave fragilidade da filha, ela parece uma mulher madura, plena, tem o semblante sereno de quem está vivendo um bom momento. Os cabelos amarrados para trás formavam um tufo discreto. Aparecia com elegância em todas essas fotografias.

Oito anos depois, a tragédia. K. tenta adivinhar naquele punhado de flagrantes, qual teria sido a última imagem da sua filha? Volta à foto do rosto entristecido, a que ele levara à polícia e ao tal médico. Descobriu outras quatro, tiradas em sequência, no mesmo cenário da beira da cama ou de um divã, a mesma blusa leve de florzinhas, o mesmo rosto abatido, o mesmo olhar apertado de desamparo. Ali, ele tem certeza, ela já estava vivendo presságios do pior.

K. fecha a caixa e a recoloca onde a havia encontrado. Pensa: se tivesse levado ao tal médico do Rio um álbum inteiro com fotografias da filha, desde o seu nascimento até a véspera da desaparição, acompanhando toda a sua vida, mostrando-a por inteiro, talvez ele a teria reconhecido e esclarecido o que aconteceu. Mas ele não tinha um álbum de fotografias da filha. Tão ocupado com a literatura e seus artigos para os jornais, disso nunca havia cogitado.

A terapia

Seu rosto é bem-proporcionado, mas inexpressivo, seus lábios finos e seus olhos pequenos e mortiços; a roupa é anódina, blusa e saia cinzentas como uniforme de trabalho. Mantém curtos os cabelos, negros e pastosos. É baixa e robusta. Entra na sala da psicóloga hesitante, esfregando as mãos e olhando para o piso. A terapeuta confere uma ficha e a convida a se sentar.

"Jesuína Gonzaga, vinte e dois anos, aqui diz que você não consegue dormir, sofre alucinações, e precisa de uma licença médica para tratamento, é isso? Você veio por causa das alucinações?"

"Eu vim porque a chefia mandou. Deve estar aí no papel da firma que eu fico muito perturbada e não consigo trabalhar."

"Sim, o médico da Ultragás diz isso. Você trabalha em quê, Jesuína?"

"Faço faxina; antes, ajudava na cozinha, mas lá gritavam

muito; eu pedi transferência, nem que fosse para a faxina. Mas na faxina também qualquer coisa me deixa nervosa e aí eu tremo, fico fraca e tenho que me encostar; muita sujeira também me deixa nervosa."

"Eles devem gostar muito de você para não te mandar embora, não é, Jesuína? Diga-me uma coisa, quando te admitiram você fez os exames médicos? Ou você começou a ficar mal depois que foi admitida?"

"Não fiz nenhum exame... eles não vão me demitir; garantiram, disseram para não me preocupar; daí tiveram essa ideia da licença médica, falaram até em aposentadoria por invalidez, mas para isso tem que primeiro tirar licença médica, foi o que me explicaram. Lá eles são muito chatos. Tudo cheio de segredos. Mas eles são bons comigo; quem me colocou lá foi gente de cima."

A terapeuta examina novamente a ficha. Acontece muito de contratarem sem fazer exame quando é para serviços grosseiros, como faxina. Ou terceirizam, para não se preocupar. Mas ela diz que foi indicada por gente lá de cima... seria ela caso de algum diretor, apesar de nada graciosa? Ou a relação seria outra, talvez filha ilegítima de algum deles? Curiosa, a terapeuta estimula a moça a falar:

"É o que você quer? É a aposentadoria?"

"Quem não gostaria de ganhar sem trabalhar... mas o melhor mesmo era sarar. Ficar boa, como as outras pessoas. Sinto muito barulho na cabeça, quero tirar isso tudo da minha cabeça e não consigo. Queria arranjar namorado firme, me divertir, mas as colegas nem me convidam mais, dizem que eu sou uma chata, que estou sempre deprimida..."

A terapeuta penaliza-se; a garota tem a idade de sua filha. Pergunta:

"Você tentou algum tratamento antes de a chefia te mandar para a avaliação?"

"Tomo pílula para dormir; o médico da firma me dá a receita, é remédio que precisa de receita, mas cada vez ajuda menos..."

A moça hesita alguns segundos, depois retoma a fala mais decidida:

"Tem uma coisa que eu não falei; quando fico nervosa eu sangro, como se estivesse naqueles dias... basta o chefe dar uma bronca, ou alguém levantar a voz ou eu ficar nervosa por algum motivo, eu sangro, é mais por isso que eles não me aguentam. Antes de entrar na firma eu já sangrava de vez em quando, mas piorou, antes era só quando eu ficava com muito medo mesmo, quando me apavorava; agora, qualquer coisinha eu já sangro. Ando o tempo todo precavida, como se estivesse naqueles dias."

A terapeuta pergunta de modo casual, enquanto finge que lê a ficha:

"Jesuína, quem é essa gente lá de cima, quem te pôs no serviço?"

A jovem baixa os olhos e não responde. A terapeuta repete a pergunta, agora fitando os olhos da moça, que permanece calada.

"Jesuína, aqui eu sou médica, não sou chefe, nem aqui é a firma, aqui é do INPS, não tem nada com patrão, nem preciso dizer nada a ninguém, eu só posso te ajudar se você for sincera comigo. Eu sei que algumas coisas são difíceis de contar, mas você tem que se esforçar... Jesuína, que barulho é este que você quer tirar da cabeça, o que é que você quer tirar da cabeça?"

A jovem permanece em silêncio, os ombros um pouco mais caídos, ainda fitando o piso.

"Jesuína, se eles falaram até em aposentadoria por doença é porque você não deve estar legal mesmo, então se trata da tua saúde, como você mesma disse, você só tem vinte e dois anos..."

Jesuína continua muda. A terapeuta irrita-se e diz, controlando-se para não levantar a voz:

"E tem outra coisa, isso aqui é um serviço público, não quer dizer que eu vou tratar de você pior do que trataria um cliente particular, mas aqui tem uma fila de gente para ser atendida e se você não colaborar, não quiser falar, terei que ceder o horário para outros, te dou uma receita de pílula para dormir, outra para se animar, mando voltar daqui a seis meses e pronto... é isso que você quer?"

Jesuína denota hesitação, mas ainda não responde.

"Jesuína, é isso o que você quer?"

Finalmente a jovem fala, mas sua voz é tênue, mal se fazendo ouvir, e seu ritmo lento.

"Quem me arranjou o emprego foi um delegado, o delegado Fleury."

"O Fleury do esquadrão da morte? É dele que você está falando, Jesuína? Do Sérgio Paranhos Fleury?"

A terapeuta ergue-se da cadeira estupefata, não chega a ficar ereta para não espantar a garota, senta-se de novo, lentamente. Teme estar se metendo em coisa perigosa. Mas a curiosidade suplanta o medo. Seria mesmo verdade o que a garota está dizendo?

"Ele mesmo. Eu fazia uns serviços para o Fleury; depois que acabou tudo e a casa foi fechada, ele me arranjou esse emprego. Ele era muito amigo do dono da firma, um estrangeiro, o doutor Alberto. Esse estrangeiro foi morto por terroristas. Mas o Fleury falou com outras pessoas da diretoria e eles me contrataram."

A terapeuta tenta camuflar seu espanto; finge incredulidade:

"Você diz que fazia uns serviços para o Fleury, não entendo — e as alucinações tem a ver com isso?"

A jovem parece decidida agora a se abrir. Fala com clareza, embora ainda aos trancos:

"É complicado, tenho que começar do começo: o Fleury me tirou da penitenciária feminina de Taubaté e me levou para aquela casa. Conseguiu uma condicional, e me levou para ajudar. Eu ficava lá em cima, coava café, preparava sanduíches, varria, levava água pros presos, limpava alguma cela..."

Jesuína hesita e acrescenta: "Toda vez que ele vinha também me levava pra cama...".

"É por isso que você tem os sangramentos e as alucinações, ele te forçava?"

"Não, eu não me importava, eu ia porque ia, gostava. As alucinações começaram depois, depois que a casa fechou..."

"Casa, que casa é essa, Jesuína, do jeito que você fala parece um puteiro... desculpe a palavra."

"Não, nada disso, a senhora não entendeu, era uma cadeia, só que disfarçada de casa. Às vezes ele me mandava escutar o que um preso ou uma presa falavam; eu fazia a faxina ou levava água, e era para me fazer de boazinha, ver se elas passavam algum bilhete, algum número de telefone, tinha que fingir pena, me oferecer para avisar a família, essas coisas. Às vezes eles acreditavam e me passavam algum bilhete. Eu entregava direto para o Fleury. Eu fingia que era presa também, que estava ali presa e obrigada a fazer faxina, se perguntassem era para dizer que eu tinha matado meu padrasto porque ele me estuprava e que fui requisitada da Bangu para fazer faxina. Essa era a história que eu tinha que contar, mas só aos pouquinhos, só para pegar a confiança da presa. Uma vez me colocaram na cela junto com uma presa. Isso foi só uma vez."

"E essa história de matar o padrasto, Jesuína, é verdade ou toda inventada?"

"É mentira, ele não morreu coisa nenhuma, eu tentei, mas era uma faquinha de nada e eu tinha só treze anos. Ele me estuprou a primeira vez quando eu tinha doze anos. Esperou minha mãe sair para trabalhar e me estuprou. Nunca esqueci, um animal, perdi sangue, quando vi aquele sangue todo na cama pensei que ia morrer. Os sangramentos começaram por causa desse padrasto, cada vez que ele vinha, antes mesmo dele me agarrar eu já sangrava. Aí eu fugi de casa e me meti com droga. Conheci um cara que me ajudou a sair de casa. Nunca mais voltei. Fui para a penitenciária feminina por causa de droga, não foi por causa do padrasto. Esse cara traficava e eu acabei me complicando."

"Os presos que você tinha que cativar acreditavam na tua história?"

"Não dava tempo para acreditar ou deixar de acreditar. Eles não paravam mais que um ou dois dias. O Fleury disse que não precisava inventar muito, se os presos perguntassem era para eu ficar na história do padrasto. O Fleury chegava junto com o preso ou então logo depois; ele vinha de São

Paulo, sabe, e na mesma noite ou de manhã interrogava, e depois os presos já sumiam, e dali uns dias vinham outros."

A terapeuta, abismada, sente suas mãos trêmulas, finge que faz anotações na ficha, mas nem isso consegue. Toma um pouco de água, servindo-se de uma jarra no console ao lado, oferece água à Jesuína, que aceita. Precisa pensar. Amedronta-se com o que está ouvindo, mas ao mesmo tempo quer saber mais. Rostos de antigos colegas e amigos passam pela sua mente em redemoinho. Sente que Jesuína detém um segredo pesado. Pergunta, delicadamente:

"Alguma vez você foi se tratar desse sangramento? Foi fazer alguma terapia?"

"Não, eu só fiz tratamento para sair da droga. Depois que o Fleury fechou a casa eu me internei numa chácara em São Bernardo. Uma chácara dos padres, fiquei lá seis meses, aí sarei e o Fleury me arranjou emprego num quartel em Quitaúna, mas aí eu caí na droga de novo, aí fui de novo para a clínica e aí acho que sarei de vez. Faz três anos e seis meses que estou limpa."

A terapeuta deixa de novo passarem-se alguns segundos e pergunta:

"Você fala muito nessa casa que o Fleury fechou, como era essa casa, Jesuína? Onde ela ficava?"

A jovem não responde.

"Jesuína, você não precisa falar tudo de uma vez, e nem falar o que não quiser, mas para você sarar, tem que encarar o passado, tem que botar pra fora as coisas que te incomodam, que provocam as alucinações, os sangramentos, isso tem a ver com os presos daquela casa?"

Jesuína permanece calada, os ombros ainda mais curvados.

"Jesuína, fale um pouco dessa casa, fale o que te vier na cabeça, o que você se lembrar, ponha para fora, isso vai te fazer bem."

"Era uma casa como qualquer outra, mas grande, numa ribanceira, bem lá em cima do morro, em Petrópolis. Era uma rua comum, casas todas grandes, de gente rica, e com quintais também grandes; essa tinha muro alto em toda a volta, e dos lados eram terrenos com mato, não dava para ver nada que acontecia lá dentro. Quando os carros chegavam, o portão abria, automático, os carros entravam com o preso e logo levavam ele para baixo, onde estavam as celas. Eram só duas celas. Eu ficava quase sempre na parte de cima, que dá para a rua. Lá no andar de baixo, além das celas, também tinha uma parte fechada, onde interrogavam os presos, era coisa ruim os gritos, até hoje escuto os gritos, tem muito grito nos meus pesadelos. Mais embaixo ainda, no fundo do quintal, quase no final da ribanceira, tinha uma coisa, uma espécie de depósito ou de garagem. A sala fechada onde interrogavam os presos eu às vezes tinha que limpar, mas lá embaixo no depósito nunca me mandaram..."

A terapeuta pergunta em tom suave:

"O que acontecia lá embaixo, Jesuína?"

Mas Jesuína faz que não escuta e continua:

"... eu servia os presos, limpava as celas, tentava me fazer de boazinha. A cara deles era de apavorar, os olhos esbugalhados; tremiam, alguns ficavam falando sozinhos, outros pareciam que já estavam mortos, ficavam assim meio desmaiados..."

"Você diz que os presos depois de uns dias sumiam, iam para onde?"

A jovem não responde.

"Você estava falando dessa outra coisa, lá embaixo."

Jesuína parece agora rememorar, falar consigo mesma:

"Um dia apareceu um rapaz tão bonito, sabe, magro, delicado, mas coitado, a perna estava toda sangrando, uma ferida enorme, arruinando, e eles em vez de tratar, jogavam sal... ele ficou três dias, depois levaram lá para baixo... nunca esqueci o rosto dele, tão delicado, tão bonito, a perna uma ferida só, esse eu ajudei de verdade, de coração, não foi de fingimento, mas ele nem conseguia mais falar..."

"Você lembra o nome dele?"

"Era tão delicado. Chegou a me dizer o primeiro nome, Luiz, só isso, Luiz, e me passou um número de telefone, mas eu fiquei tão assustada que perdi o papel, não dei para o Fleury, acho que era o telefone da mãe..."

"Você falava daquela coisa lá embaixo..."

"Sempre que chegava um preso novo vinha o doutor Leonardo, um médico do Rio; quando o preso ficava mal durante o interrogatório, ele ia para aquela sala fechada e examinava. Se o doutor Leonardo ia embora eu sabia que era o fim, já tinham terminado com aquele preso, que logo levariam ele lá pra baixo..."

"Terminado com aquele preso...", a terapeuta repete para si mesma essas palavras, ia questionar a moça, mas ela já retoma a narrativa:

"Um dia trouxeram dois senhores, já deviam ter mais de sessenta anos, bem vestidos, de terno, colocaram um em cada cela, esses eles não bateram nada, levaram logo lá para baixo, primeiro um, depois de uma hora levaram o outro..."

A terapeuta pergunta:

"Você disse no começo que uma vez ficou na cela junto com uma presa, você se lembrou disso por quê?"

"Porque não me sai da cabeça, essa moça, tinha um rosto desses que a gente não esquece nunca; trouxeram ela de tarde, não de noite, era um fim de tarde, tinha umas marcas no braço, acho que forçaram ou torceram o braço dela, mas não estava machucada no rosto, fiquei com essa coisa forte do rosto por causa do que aconteceu depois."

"Sim, o que aconteceu depois?"

"Me colocaram na cela dela, sem falar nada, e eu tentei puxar conversa. Ela me disse o nome dela e depois não falou mais nada. Disse o nome completo, acho que completo, mas eu só guardei metade, era um nome complicado. Disse assim recitado como quem sabe que vai morrer e quer deixar o nome, para os outros saberem."

"E depois?"

"Depois o Fleury chegou, já de noite. Ele me chamou e perguntou da moça e eu disse que nada, que só falou o nome e depois ficou muda... aí ele mandou me colocarem de volta. A moça parecia uma estátua, estava no mesmo lugar, muda do mesmo jeito."

Jesuína de repente emudece.

"Jesuína... a moça, você falava dessa moça."

"O Fleury mandou eu descer e ficar de novo com a moça, para ver se ela falava mais alguma coisa. De madrugada chegou o doutor Leonardo. Lá de baixo eu adivinhei que era o médico e avisei baixinho, quando vem o médico é porque vão maltratar, fazer coisa ruim. Logo depois vieram buscar ela. Foi aí que ela de repente meteu um dedo na boca e fez assim como quem mastiga forte e daí a alguns segundos começou a se contorcer. Eles nem tinham aberto a cela, ela caiu de lado gemendo, o rosto horrível de se ver e logo depois estava morta. Parecia morta e estava morta mesmo."

"Você sabe o que aconteceu?"

"Disseram que ela tomou veneno, que tinha veneno na boca, pronto para engolir. O Fleury naquela noite ficou louco, deu bronca em todo mundo, foi o maior alvoroço. Depois mandou levarem ela lá para baixo."

"Lá para baixo, lá para baixo, afinal o que tinha lá embaixo?" A terapeuta se impacienta.

"Tinha um tambor. Desses grandes de metal. Tinha essa garagem virada para os fundos, parecendo um depósito de ferramentas; levavam os presos para lá e umas horas depois saíam com uns sacos de lona bem amarrados, colocavam os sacos numa caminhonete estacionada de frente pro portão da rua, pronta para sair, e iam embora. Acho que levavam esses sacos para muito longe, porque essa caminhonete demorava sempre um dia inteiro para voltar. Aí eles lavavam tudo lá embaixo com mangueira, esfregavam, esparramavam cândida. Atiravam umas roupas e outras coisas no tambor e punham fogo. Duas ou três vezes me chamaram para ajudar na lavagem do piso de cimento em volta da garagem. Eram sempre os mesmos dois que faziam isso. Dois mineiros da PM, eles eram chamados assim mesmo, os PM mineiros, nunca pelos nomes. Sempre os mesmos dois. Viviam bêbados esses dois."

"Você sabe o que eles faziam com os presos?"

Jesuína aparenta que não escuta. A terapeuta repete a pergunta de modo mais enfático.

"O que eles faziam lá embaixo com os presos, Jesuína?"

"Os presos eram levados para lá, sempre um só de cada

vez, e nunca mais eu via eles. Lá em cima eu via pela janela eles serem levados para dentro da tal garagem, nunca vi nenhum deles sair. Nunca vi nenhum preso sair. Nunca."

"Mas o que tinha lá dentro daquela garagem, Jesuína?"

Jesuína leva as duas mãos à cabeça, parecendo tapar os ouvidos, demora-se nessa posição, muda e cabisbaixa; depois puxa sua cadeira para bem perto da terapeuta e sussurra, no modo de quem compartilha um segredo:

"Uma vez, eu fiquei sozinha quase a manhã inteira, os PMs mineiros saíram bem cedo de caminhonete dizendo que tinham acabado os sacos de lona, o lugar onde compravam era longe, iam demorar. O Fleury já tinha voltado para São Paulo de madrugada. Eu sozinha tomando conta. Então desci até lá embaixo, fui ver. A garagem não tinha janela, e a porta estava trancada com chave e cadeado. Uma porta de madeira. Mas eu olhei por um buraco que eles tinham feito para passar a mangueira de água. Vi uns ganchos de pendurar carne igual nos açougues, vi uma mesa grande e facas igual de açougueiro, serrotes, martelo. É com isso que tenho pesadelos, vejo esse buraco, pedaços de gente. Braços, pernas cortadas. Sangue, muito sangue."

Jesuína põe-se a soluçar, de início um gemido surdo; logo o choro se acelera e ela é tomada por convulsões, escorregando lentamente da cadeira; a terapeuta a agarra antes que desabe e a põe de pé, abraçando-a.

O abandono da literatura

Desde que subira atento, degrau a degrau, a escadaria da Cúria Metropolitana para o encontro com o arcebispo, K. pensara registrar por escrito seus pensamentos, suas observações, tão fortes foram as impressões daquele dia, além do seu simbolismo especial, uma autoridade da Igreja Católica, essa mesma Igreja que teve um Torquemada,* agora o acolhendo, empenhada a fundo, com sinceridade, em encontrar sua filha, o que nem os rabinos fizeram.

Mas os dias foram se passando, as semanas, os meses, e ele nada escreveu. Agora estava arrependido, deveria ao menos ter mantido um diário dos seus contatos, de suas buscas. Agora, quando já não havia mais esperanças, quando seus dias custavam a passar na agonia de não ter mais o que procurar

---

* Tomás de Torquemada, inquisidor-geral dos reinos de Aragão e Castela que comandou o extermínio dos judeus convertidos, realizando cerca de 1200 autos de fé, fogueiras nas quais eram queimados os "hereges".

ou a quem falar, só lhe restava mesmo retomar seu ofício de escritor, não para criar personagens ou imaginar enredos; para lidar com seu próprio infortúnio.

Decidiu que escreveria sua obra maior, única forma de romper com tudo o que antes escrevera, de se redimir por ter dado tanta atenção à literatura iídiche, a ponto de não perceber os sinais do envolvimento de sua filha com a militância política clandestina, alguns tão gritantes que sem dúvida eram pedidos disfarçados de socorro que ele, idiotizado, não percebia.

Começou como sempre começava: anotando observações pontuais no momento mesmo que surgiam, em pequenos pedaços de papelão recortados das caixas de camisas vazias; numa segunda etapa reuniria essas cartolinas em montinhos distintos e comporia sua narrativa, sempre em iídiche, sempre à mão. Só depois, como fazia ao enviar textos aos jornais e revistas, datilografaria na sua máquina especial de tipos do alfabeto hebraico que trouxera de Nova York.

Por se valer do alfabeto hebraico, embora de sintaxe germânica, os inimigos do iídiche, entre eles o próprio Ben Gurion,* o chamavam de idioma monstro, um Frankenstein linguístico. Monstros são eles, que em Eretz Israel desprezaram uma língua tão expressiva e de tantos grandes escritores, K. sempre se queixava.

K. chegou a compor vários cartões com registros de episódios, diálogos, cenários. Mas ao tentar reuni-los numa narrativa coerente, algo não funcionou. Não conseguia expressar os

---

* David Ben Gurion, líder do partido trabalhista Mapai, condutor do processo de criação do Estado de Israel e seu primeiro-ministro durantes quinze anos.

sentimentos que dele se apossaram em muitas das situações pelas quais passara, por exemplo, no encontro com o arcebispo.

Era como se faltasse o essencial; era como se as palavras, embora escolhidas com esmero, em vez de mostrar a plenitude do que ele sentia, ao contrário, escondessem ou amputassem o significado principal. Não conseguia expressar sua desgraça na semântica limitada da palavra, no recorte por demais preciso do conceito, na vulgaridade da expressão idiomática. Ele, poeta premiado da língua iídiche, não alcançava pela palavra a transcendência almejada.

Seria uma limitação da língua iídiche? Será que esse povo tão maltratado não conseguia expressar sofrimento na sua própria língua? Não pode ser. Embora só nos últimos cem anos tenha surgido uma verdadeira literatura iídiche, a língua mesmo já tem mais de mil anos e antes do holocausto era falada por mais de dez milhões de pessoas.

Além disso, ponderava K., se o iídiche era uma língua de diminutivos carinhosos, uma língua doméstica de artesãos e gente muito pobre, de carroceiros e camelôs, mais motivo ainda para poder expressar seus sentimentos em iídiche; vejam os contos de Sholem Aleichem e Bashevis Singer.

Mas ele não conseguia. Será por ser o seu iídiche casto demais para expressar a obscenidade do que lhe acontecera? Repugnavam-lhe os palavrões, como a toda sua geração, educada em *heder*; mesmo abandonando a religião, desse pudor linguístico não se desvencilharam.

Aos poucos K. foi se dando conta de que havia um impedimento maior. Claro, as palavras sempre limitavam o que se queria dizer, mas não era esse o problema principal; seu bloqueio era moral, não era linguístico: estava errado fazer da tragédia de sua filha objeto de criação literária, nada podia estar mais errado. Envaidecer-se por escrever bonito sobre uma coisa tão feia. Ainda mais que foi por causa desse maldito iídiche que ele não viu o que estava se passando bem debaixo de seus olhos, os estratagemas da filha para evitar que ele a visitasse, suas viagens repentinas sem dizer para onde.

Lembrou o dia em que ela, apressada — talvez assustada —, irrompeu em sua reunião de sábado com os escritores e ele a admoestou, sem sequer olhar para seus olhos, sem tentar saber o que ela queria. Imagine, fazer literatura com um episódio desses. Impossível.

Naquela noite K. rasgou os cartões de anotações; picou-os em pedacinhos miúdos para que deles nada restasse e atirou tudo ao lixo. Jurou nunca mais escrever em iídiche. Quase deu razão a Ben Gurion, que acusou o iídiche de língua dos fracos, dos que se deixaram matar sem reagir, como se já esperassem uma punição por culpas sabidas ou não sabidas.

Também foi empurrado a essa decisão por um acaso: queria relatar às netas em Eretz Israel tudo o que havia acontecido. E as netas não conheciam o iídiche, só o hebraico. Naquela mesma noite, K. escreveu sua primeira carta à neta em Eretz Israel, em hebraico impecável, como ele aprendera de criança no heder. Assim, não era mais o escritor renomado a fazer literatura com a desgraça da filha; era o avô legando para os netos o registro de uma tragédia familiar.

O livro da vida militar

"Esse vende a própria mãe."
O homem é enfático e preciso, como se espera de um general de quatro estrelas. Recorre a imagens grosseiras por hábito, pois na caserna isso era de bom-tom. Preparado para comandar, sua fala é curta e grossa, embora não dê mais ordens. Foi destituído do comando e expelido do Exército por ter se oposto ao golpe.

De cabelos já brancos, mas ainda rijo e firme, ele faz um inventário de ex-colegas e ex-comandados. Pontua friamente, como se estivesse classificando uma coleção de aracnídeos. Na mesa, aberto à sua frente, o Almanaque do Exército, o rol de todos os oficiais, de tenente para cima, das três armas, infantaria, cavalaria e artilharia.

Seu irmão mais novo, cirurgião celebrado, operou e talvez tenha salvado da morte muitos dos empresários e banqueiros metidos no maldito golpe. Nem por isso o general foi poupado. A injustiça da cassação afinou sua percepção crítica e destravou ainda mais sua língua, pois se percebe que, embora militar, é pessoa fina.

"Este outro além de vender a mãe, entrega."
O Almanaque se parece com uma lista telefônica. Siglas miúdas, depois de cada nome, designam etapas da carreira do oficial desde seu ingresso na Academia Militar; registram cada mudança de patente, cada colocação na Escola de Cadetes e nos cursos de especialização e aperfeiçoamento. Dividido em três seções, uma para cada arma, é o livro da vida do militar.

"Este aqui foi o primeiro da classe."
Um primeiro colocado na sua turma da Academia Militar será referido para sempre como o "primeiro da classe". Mas que surpresa! Será nosso Exército tão civilizado que nele impera o critério da erudição e, por que não, da inteligência? Ou da aplicação no estudo e na aquisição de conhecimento? Um Exército que prioriza a excelência intelectual?
Não é bem assim.

"Estudiosos, só os da artilharia."
Esses têm que aprender trigonometria, balística, calcular ângulos de tiro sabendo compensar a direção do vento, o calibre e o peso da carga útil, a movimentação do inimigo. São equações complexas. Aprendem a raciocinar com lógica. Por isso, tornaram-se o grupo dirigente do Exército; os únicos com visão estratégica. Eles organizaram e dirigiram o golpe militar.

"O resto é um bando de ignorantes, piores são os da cavalaria."
Num Exército que não guerreia há trinta e cinco anos, não há medalha por bravura em campo de batalha, não há missão perigosa, nem o teste das situações-limite, seja da unidade ou do indivíduo. Só o que há é o ponto amealhado em sala de aula, o rigor da continência, a lisura da farda, o brilho da bota; o domínio retórico de hipóteses de guerras que nunca serão travadas e suas logísticas imaginárias. Tudo no papel, na teoria. Gavetas e gavetas de mapas e planos de ataques estratégicos, avanços e recuos táticos.

"A principal hipótese era de guerra com a Argentina, tudo bobagem, só para os manter ocupados."
Para cada etapa dessa vida militar pachorrenta há um minucioso rito de pontuação. Postos de comando, postos de chefia de departamento, tudo é contabilizado. Mas, como em toda organização burocrática, as regras só valem para legitimar o favoritismo imanente, nunca para instaurar a meritocracia. As amizades é que decidem. Os vínculos de lealdade. Não a lealdade leal, que não precisa razões para existir, é a lealdade calculista, necessária à sobrevivência na guerra interna pela promoção burocrática. Nesse exército de oportunistas as únicas batalhas são as travadas por cada um contra seu igual, na disputa pela promoção. As vagas minguando mais e mais à medida que se sobe a escala de patente.

"O funil mais estreito está na passagem de coronel para general de brigada. Só um em cada cinquenta coronéis será general. E quem sobra, é expelido."
Nessa milícia de gabinetes, as baixas não se dão nos teatros de

guerra, se dão nas listas submetidas pelo Estado-Maior ao comando, para que decidam as promoções. Preteridos tombam sem dar um tiro. Caem fora. Um oficial não pode estacionar na mesma patente.

"Para ser promovido a general, o coronel tem que ter um protetor, tem que pertencer a um esquema, a um general que o proteja."
Muito antes de atingir o coronelato o oficial já investe nesse pertencimento, através da bajulação e da subserviência. Agarra-se ao saco de um general.

"Este aqui foi meu aluno no curso de paraquedistas. Tornou-se um legalista como eu. Quando resisti ao golpe, ele me acompanhou. Quando fui expulso ele também foi. Mas a maioria dos meus subordinados traiu, aderiu aos golpistas."
São dois os modos de assegurar a promoção, puxar o saco de um general, e melar o nome do rival na lista para promoção. Puxar o saco e trair. Modos que ora se alternam, ora se complementam. Pode acontecer de ter que trair o próprio general. A traição é o corolário da lealdade oportunista. Na corporação militar-burocrática, um oficial nunca se abre com outros dois ao mesmo tempo. Sempre a um só; assim, ao ser traído saberá quem o entregou. Traição também é uma arte.

"O Prestes levou esse cuidado à coluna e depois o incorporou às normas de segurança do Partido, ainda mais devido à sua clandestinidade quase permanente. Acabou tornando o Partido mais secretivo do que já era, nunca encontros de mais de dois, e sempre aos sussurros."
Hábitos criam valores. A prática da traição e da dissimulação incorpora-se ao éthos militar. Os valores invertem-se. São to-

dos Esterhazys; nenhum Dreyfuss;* no lugar da bravura a crueldade, a desonra em vez da honra, o povo pobre como inimigo, a maldade levada ao infinito. Degolas em Canudos; execuções de presos rendidos no Araguaia, embora crianças ainda, desmembramento de corpos em 1974, para fazê-los "desaparecidos". Ao crime hediondo, segue-se o delito paradoxal, para uma organização burocrática, no entanto lógico na nova escala dos valores: o da supressão das provas.

"Este aqui é o único general que pelo meu conhecimento se preocupou em mandar pararem as torturas."
Embora de extrema direita, o general era espírita; quando soube das torturas foi à Barão de Mesquita de surpresa e mandou parar tudo na hora. Espíritas não admitem que se maltrate nenhum vivente, nem bicho, porque creem na reencarnação; para eles, corpos são moradas provisórias das almas de nossos antepassados, que precisam ser veneradas e respeitadas. Você pode estar torturando um bisavô ou a própria mãe, se ela já morreu.

"Foi ele sair e recomeçaram tudo. Também, ele não demitiu ninguém, não denunciou, nem internamente, nem de público."
Pela nova doutrina militar em vigor, da guerra psicológica adversa, o inimigo pode estar em qualquer um, às vezes ainda latente: no artista de teatro, no jovem ingênuo, na menina rebelde, no padre progressista. Nessa doutrina, só a tortura

---

* Charles-Marie Ferdinand Welsh Esterhazy, militar francês que vendeu segredos à Alemanha, traição falsamente atribuída ao oficial judeu Alfred Dreyfuss.

revela a propensão subversiva do suspeito, como na Inquisição as máquinas de suplício faziam sair os demônios de dentro das bruxas e desmascaravam os fingimentos dos hereges e cristãos-novos.

"Este aqui é o mais inteligente e o mais cruel. Da artilharia, é claro. Por isso propôs a abertura, lenta, gradual e segura, sabia que estava tudo acabado. É dos antigos, podia ter se alistado na Força Expedicionária, mas não foi; nunca travou uma batalha, nunca esteve numa guerra. Não se sabe até hoje se não se alistou por simpatizar com os nazistas, ou se os americanos o vetaram, pela mesma razão."

O general cassado fecha o almanaque. Chega. Já deu para entender.

Os extorsionários

Sim, era ele mesmo. Embora o tivesse visto uma única vez e no escuro, K. reconheceu seus traços, o rosto oval e estufado, o bigode espesso, a testa larga. É um sargento. Apresentara-se naquela noite como general e não passa de um sargento. Ainda lembrava como o coagiram no banco de trás do carro, o falso general pressionando-o de um lado, e o magrela com cara de malfeitor, do outro.

Por que será que o magrela não está no processo?

O falso general dissera ter localizado sua filha. Traria uma carta escrita por ela, em troca de dinheiro. Armaram uma farsa. Agora o impostor estava sendo processado, não por ele, que não procura vingança, só quer saber o que aconteceu, o falso general está sendo processado pelos próprios militares.

K. nem sabia da existência de um Tribunal de Justiça Militar. Quando recebeu a citação, com o timbre e a assinatura de um general do Exército, animou-se. Enfim, autoridades militares o chamavam para tratar oficialmente do desaparecimento da filha.

Um coronel, segundo a plaqueta à sua frente, com seu nome e patente, dirige a sessão, ladeado por outro coronel e por um civil trajando toga de juiz. O acusado está sentado no mesmo nível da plateia pequena e vazia, ao lado da mesa alta dos juízes.

Às vezes K. pensa que de qualquer forma teria acontecido. Em algum momento apareceria um torpe aproveitador oferecendo informação em troca de dinheiro. Talvez até prometendo salvar a filha, se fosse muito dinheiro. Não foi assim na Polônia, quando os companheiros de partido fizeram uma vaquinha para tirá-lo da prisão?

Mas na Polônia, embora a repressão fosse dura, quando prendiam, registravam, avisavam a família. Depois tinha julgamento. Havia acusação e defesa, visitas à prisão. Lá não sumiam com os presos.

Às vezes, pensava nos policiais e militares como pessoas, boas ou más, algumas podem até ajudar porque têm sentimentos, outras extorquem e entre essas há as que cumprem o prometido e as que apenas sugam a vítima; essas, pode-se dizer, nem são humanos, são doentes, como esse sargento impostor; mas era preciso arriscar, e ele arriscou.

Outras vezes, lastimava ter acreditado que em troca de dinheiro era possível derrubar o muro de silêncio em torno do sumidouro de pessoas, o que nem gente muito importante havia conseguido. Ele não podia saber que quarenta anos depois esse muro ainda estará de pé, intocado. Mas já sabia que estava tudo muito amarrado, para ninguém saber de nada.

Como eu pude ser tão ingênuo — ele concluía nesses outros momentos.

Os depoimentos começam. Ele conta como tudo aconteceu. Só não revela ter chegado ao falso general através daquele advogado estagiário. Embora o rapaz tenha se comportado mal. Na hora decisiva, o estagiário deixara-o só, naquela esquina sombria da alameda Barão de Limeira, entregue aos extorsionários que ele mesmo havia indicado.

Como poderia ele, sozinho, ter todo o discernimento? Ele bem que desconfiara. Pedira como prova da verdade que a filha assinasse o bilhete com o apelido carinhoso que ele e só ele usava. Os bandidos não tinham como saber e inventaram errado.

O que K. não entendia era como, mesmo assim, foi ao encontro. Às vezes pensa que foi para brigar. E se eles de fato tivessem localizado a filha, embora não podendo trazer o bilhete por causa de algum imprevisto? Sim, deve ter sido o que ele pensou naquela esquina escura. Uma nesga de esperança. Foi traído pela esperança.

A história apareceu nos jornais. Não por iniciativa de K., que se envergonhava de ter sido tapeado. Ele a relatara na reunião dos familiares dos desaparecidos para adverti-los, para que não fossem eles também esbulhados. Um jornalista soube e espalhou. Os militares armaram o processo para demonstrar que a filha nunca fora presa. O falso general estava sendo julgado não porque extorquiu, e sim porque colocou as forças armadas em má situação. Isso para K. estava claro.

Os depoimentos prosseguem. Agora interrogam o sargento. Ele balbucia um arrependimento, admite que nunca vira a moça presa, nem sabia de nada, inventara tudo, do começo ao fim. Não mencionou seu cúmplice, o magrela.

K. não está interessado no destino do impostor. Aquilo já foi. Acabou. Ele veio para perguntar sobre a filha nesse contato formal com a Justiça, o primeiro e único. Afinal, seu sumiço era a razão de tudo. Por isso insistira com o jovem advogado para acompanhá-lo ao Tribunal Militar. Ele saberia como pedir, no momento próprio, um esclarecimento sobre o sumiço da filha. Mas o estagiário falhou de novo. Não veio.

K. lembra mais uma vez o silêncio do grande advogado que ele procurara para impetrar o habeas corpus da filha, quando esse seu estagiário, um novato, pressuroso, meteu-se na conversa e mencionou a possibilidade de um contato com "gente de dentro do sistema". Era uma questão de dinheiro, disse o estagiário, baixando a voz, não tinha nada a ver com o pedido de habeas corpus, era um esquema paralelo.

K. deveria ter interpretado a frieza do grande advogado como uma advertência: cuidado, esse menino é ingênuo, é bem-intencionado, mas ingênuo. Foi ali que começou o erro. Não ter entendido a postura do grande advogado. Ele sim era pessoa séria, via-se pelo destemor com que defendia todos os perseguidos políticos como se fosse uma causa pela humanidade.

Mas como rejeitar a proposta do estagiário, se o próprio grande advogado lhe dissera, pesaroso, que o habeas corpus seria negado, porque os militares proibiram a concessão de habeas corpus em casos de prisões políticas. Vivemos um paradoxo — ele lembra o grande advogado dizer —, admitem que têm motivos políticos para prender, mas não reconhecem que prenderam.

K. agora acompanha sem interesse a denúncia do promotor militar. Reflete sobre as implicações da extorsão. A principal delas não foi o dinheiro perdido, afinal, o que eram trinta mil perante a vida da filha? O valor de um carro contra uma vida de valor infinito. Nem o reconhecimento de ter sido enganado, ou de ter fraquejado no momento decisivo, quando já sabia que tudo era uma farsa.

Não, o pior aconteceu depois, quando surgiu a nova oportunidade, quando aquele rabino lhe indicou o sujeito com nome alemão, que morava no Rio e já havia salvado uma moça. Uma moça judia. Ele conhecia a família da moça e foi conferir; não era mentira. A moça já estava no exterior. Único caso comprovado.

K. marcou encontro pelo telefone e foi ao Rio de ônibus noturno. O sujeito, de seus quarenta anos, elegante, trajando terno de linho, nem o convidou a entrar. Na calçada mesmo da avenida Copacabana disse que o delegado que chefiava tudo lhe devia um favor muito grande. Que uma vez transportou um presunto do delegado no porta-malas do seu carro. Um cadáver, ele repetiu quando percebeu que K. não havia entendido. Livrara o delegado de uma enrascada. Tinha condições de tirar a filha, se ainda estivesse viva. Mas ia custar caro. Muito caro. O senhor tem uma propriedade, ele perguntou. Então venda. Vai custar o preço de uma casa.

K. não acreditou. Não levou em frente. Talvez porque já se passara tanto tempo. Ou porque já havia sido enganado uma vez, não seria enganado de novo. Esse foi o dano principal da extorsão. Se não tivesse acontecido a farsa, ele talvez prosseguisse no trato com esse sujeito de nome alemão. Teria arriscado.

É muito provável que não daria em nada, que a filha já estivesse morta, como todos dizem hoje. Mas K. não sofreria a amargura de pensar que não fez tudo o que deveria para salvar a filha. Tudo culpa desse canalha sentado ali à sua frente. Mas K. não lhe devota ódio. Nojo, isso sim. O escárnio pelos que se aproveitam da desgraça dos outros e a ela somam novas desgraças.

O presidente da sessão bate na mesa com um martelinho de pau. Lê a sentença. O réu, sargento Valério, é condenado à perda de patente e um ano de reclusão, ao final da qual será expulso do Exército, por ultrajar as forças armadas ao propalar com objetivos criminosos a falsa informação de que civis estiveram detidos em dependências militares.

"Mas e a minha filha?", pergunta K., erguendo-se num ímpeto, depois de lida a sentença. "Onde está minha filha?", repete aos gritos.

O coronel presidente da mesa o encara com olhar ameaçador. Bate o martelo de novo e declara encerrada a sessão. Acrescenta em voz alta: "Que conste dos autos que nenhum civil esteve detido em dependências militares, conforme confissão do indigitado foi tudo uma farsa".

"Mas e a minha filha?", K. agora balbucia, olhando à sua volta, em busca de uma resposta, de um apoio na plateia vazia.

Os três juízes levantam-se ao mesmo tempo, de modo abrupto. Dois soldados enormes, portando capacetes e braçadeiras da Polícia do Exército, retiram o réu da sala por uma porta lateral. Outros dois, também altos e fortes, cercam K., indicando-lhe a porta de saída. K. vai devagar, compelido pelos dois soldados que o pressionam ameaçadoramente, um de cada lado.

A reunião da Congregação

Em torno da mesa de mogno, longa, pesada, de bordas entalhadas, como deve ser a mobília de uma universidade, sentam-se oito ilustres professores do Instituto de Química, chefes de departamento, cientistas de renome em suas áreas, entre eles Ivo Jordan, na separação isotópica do urânio, Newton Bernardes na física dos materiais, o Metry Bacila, pioneiro da biologia marinha. O Instituto de Química notabilizou-se pelo rigor científico, influência dos alemães Heinrich Hauptmann e Heinrich Rheinboldt, fundadores da química no Brasil, para onde vieram fugindo do nazismo.

No momento desta reunião, o Instituto tem apenas cinco anos de existência. Giuseppe Cilento, que coordenou sua criação juntando departamentos e pesquisadores de outras unidades da Universidade de São Paulo, também está na reunião. Construído com dinheiro da Fundação Ford, o imponente

Conjunto das Químicas, como é mais conhecido, ocupa toda a colina leste do campus.

Esta é a quadragésima sexta reunião mensal da Congregação, órgão supremo do Instituto. Estamos no dia 23 de outubro de 1975. Passaram-se dezenove meses desde o desaparecimento da filha de K., lotada nos quadros da universidade como professora assistente doutora. Na ordem do dia consta o processo 174 899/74 da reitoria pedindo a rescisão do seu contrato "por abandono de função", conforme o inciso IV do artigo 254 do Regimento. Outro item da ordem do dia é a proposta de recontratação do professor aposentado Henrique Tastaldi, por coincidência um dos três membros da comissão processante que pede a demissão da professora.

Este relato foi imaginado a partir da ata da reunião, transcrita nos trechos citados a seguir. Muitos anos depois, a reitoria anunciaria de público a injustiça da demissão da professora. Mas nunca admoestou nenhum dos envolvidos, nunca resgatou suas dívidas com a família. Os presentes a esta reunião da Congregação nunca se desculparam.

Preside a reunião o diretor do Instituto, professor Ernesto Giesbrecht, patriarca da química brasileira, membro da Academia Brasileira de Ciências, comendador da Ordem Nacional do Mérito Científico, discípulo e orientando do próprio Rheinboldt. Giesbrecht já morreu. Não sabemos o que passou pela sua cabeça durante a reunião, podemos apenas imaginar.

Vai ser uma reunião penosa, espero que passe rápido. Afinal, foi um ultimato. Se o Heinrich estivesse vivo, não acreditaria. Ele que fugiu da Alemanha por causa da família judia de sua mulher. Tenho a certeza de que agiria como eu; afinal, ele fundou o departamento de química e não gostaria de ver tudo destruído por causa de uma única pessoa, além disso uma professora comum, apenas com o grau de doutor. Se fosse um titular, um livre-docente, mas uma mera professora doutora... Química é liderança, temos que preservar as lideranças. Ainda bem que a votação é secreta, assim ninguém se expõe, ninguém vai saber quem aprovou a demissão. É claro que pelo mesmo motivo podia dar o oposto, por isso mesmo combinei tudo antes. Espero que dê certo.

O que ele disse está na ata:

É grande minha satisfação em receber pela primeira vez como membro da Congregação o Professor Doutor Otto Richard Gottlieb, recentemente empossado no cargo de Professor Titular junto ao departamento de química fundamental, é uma honra este colegiado poder contar com sua colaboração. Tendo sido aprovada por unanimidade a ata da 44ª reunião, passemos à ordem do dia, que tem como primeiro item a recontratação do Professor aposentado Henrique Tastaldi.

O professor Francisco Jerônimo Sales Lara, oriundo da Faculdade de Filosofia, cogita pedir a palavra. Por enquanto pensa. Imaginemos que pense assim:

Esse malandro do Tastaldi; agora vai acumular a aposentadoria com salário de professor titular. Aprovam a recontratação e, em troca, ele reafirma os termos da comissão processante. É o seu prêmio pela cumplicidade com a repressão. Na Filosofia isso nunca teria acontecido. Todo mundo sabe que a professora foi presa pelos órgãos de segurança. O pai esteve aqui, teve anúncio em jornal, reportagem, a lista dos vinte e dois desaparecidos do cardeal. Meu Deus, onde é que eu vim parar. Este antro de reacionários e gente sem espinha, e dizer que a maioria são judeus fugidos do nazismo ou seus orientandos.

Agora Sales Lara pede para falar. Mede cada palavra. A ata registra:

> Indubitavelmente o Professor Tastaldi é uma figura histórica que muito contribuiu para o desenvolvimento da nossa bioquímica. Além disso, possui qualidades pessoais que o tornam pessoa querida por todos. Não obstante, julgo que sua contratação pelo Instituto de Química não é oportuna. Sou contrário à recontratação de professores aposentados e acho que isso somente é justificável quando houver total impossibilidade de substituição, este não é o caso atual, há muitos doutores e pós-doutores de alto nível tanto no país como no exterior que se interessam pelas condições que podemos oferecer, é nossa obrigação dar oportunidade de carreira universitária a esses elementos.

O eminente professor Metry Bacila pede a palavra. A ata registra:

> Não poderia furtar-me ao dever de lembrar a marcante contribuição do Professor Tastaldi à Universidade de São Paulo, à qual dedicou toda uma vida de labor na pesquisa, no ensino e na preparação de futuros docentes, por outro lado deve ser lembrado também o entusiasmo com que o Professor Tastaldi se dedicou à reforma da universidade, tendo contribuído com seu descortínio de professor ilustre, graças a [blá-blá-blá], um espírito universitário poucas vezes encontrado dentro da própria universidade... Poderia ela vangloriar-se de poder contar como um dos membros do corpo docente...

O professor doutor Giuseppe Cilento pede a palavra. A ata registra:

> Não posso deixar de expressar também a minha gratidão pela solícita ajuda que recebi do Professor Tastaldi durante todo o meu mandato na chefia do departamento.

O Professor José Ferreira Fernandes pede a palavra:

> Há poucos dias todos lamentamos a aposentadoria do doutor Lúcio Penna de Carvalho, mas a política do Instituto tem sido a de não recontratar professores aposentados.

Colocada a proposta do departamento de bioquímica em votação secreta, verificou-se o resultado, apurado pelos professores Gilberto Rubens Biancalana e Yukio Miyata, de doze votos favoráveis e três votos contrários. Desse modo, anuncia o professor Ernesto Giesbrecht, foi aprovada a proposta por dois terços do número de membros da Congregação em efetivo exercício:

> Passemos agora ao próximo item da pauta, a proposta de rescisão de contrato da professora. Esclareço ao plenário que a professora doutora a partir de 23 de abril de 1974 deixou de comparecer ao Instituto. A ocorrência foi levada aos órgãos competentes da reitoria, que, consultados como proceder no caso, em face da legislação vigente, mandaram abrir processo administrativo. Da comissão processante participaram, além do doutor Cássio Raposo do Amaral, membro do corpo de advogados da consultoria jurídica, os Professores doutores Henrique Tastaldi e Geraldo Vicentini, tendo essa comissão proposto a

dispensa da docente por abandono de função, devendo ser votado por esta Congregação nos termos da legislação vigente.

Giesbrecht se mexe na cadeira, como por desconforto; continuemos a imaginar o que pode ter pensado nessa etapa da reunião:

Reunião desagradável esta. É verdade que nunca fui com a cara dessa menina e nem ela era brilhante, mas era séria, muito esforçada; sua pesquisa do molibdênio para o doutorado não foi das mais fáceis e ela deu conta. Mas que alternativa temos? Dizem que o telefonema da reitoria foi claro. Vocês têm até o final da semana para cumprir o regulamento e demiti-la. Estava até demorando esse ultimato. Sei que já saiu até no jornal que ela foi desaparecida mas não há prova. O governo nega. É claro, se eles a desapareceram tinham que negar. Mas vai saber em que se meteu. O regulamento é claro e taxativo. E mais, como diretor do Instituto, se não demitir posso ser acusado de prevaricação. Isso se não for acusado de coisa pior, de cumplicidade com subversivos ou algo parecido. Sempre o nosso dever, como cientistas, é o de preservar a instituição. Não dar pretexto a uma intervenção ou cassações. Afinal, essa menina não tinha o direito de pôr em risco uma instituição importante como a nossa.

Na outra ponta da mesa, outro fundador do departamento, o professor Gottlieb, o mais velho de todos, tenta adivinhar o que vai pela cabeça de seu colega e rival acadêmico. Gottlieb é judeu e saiu da Tchecoslováquia quando da ocupação alemã. No Brasil implantou vários laboratórios de pesquisa de produtos naturais. Pode estar pensando mais ou menos assim:

Sei que o diretor recebeu um ultimato do jurídico; demitir a professora até o final da semana. Eu até que simpatizava com essa menina. Esforçada. E mais culta do que os outros. Um dia a encontrei lendo A montanha mágica. *Sua fisionomia, um pouco sofrida, sempre me lembrava a prima Esther, que nunca se acostumou com o exílio. Um crápula esse Giesbrecht,* ein schlechter charackter, *e dizer que foi discípulo do Heinrich, devia ter batido o telefone na cara de quem ligou; onde já se viu, em vez do jurídico valer-se do prestígio da universidade para forçar as autoridades a fornecer alguma informação, a dizer qual é a acusação contra ela, fazem o oposto, demitem como se fosse relapsa e não como se tivesse sido sequestrada, ou seja, ajudam a encobrir o sequestro.* Scham, *uma vergonha. Passar por isso, depois de tudo o que eu sofri com a invasão da UnB.*

O representante dos professores assistentes, Gilberto Rubens Biancalana, chegara atrasado à reunião e agora cogita falar, mas não pede a palavra, talvez de medo. Deve ter pensado o seguinte:

Os colegas se apavoraram quando falei em fazer uma reunião para discutir nossa posição. Agora tenho que decidir o voto sozinho. Não vou arriscar toda a minha carreira por causa de uma professora que nem conheço bem, metida sei lá em quê. Se o Giesbrecht e o Gottlieb propuserem alguma outra coisa, um adiamento, uma outra solução, eu sou até capaz de apoiar, mas assim sozinho... ou esse Newton Bernardes, que veio da Física, já é livre-docente, sempre está em cargos importantes... tem nome, prestígio.

Miriam, representante dos auxiliares de ensino, não fala. Pensa bem da professora, uma das mais esforçadas e assíduas, mas está com medo:

Muito triste o que aconteceu. Terrível. Não entendo por que esses figurões se calaram todo esse tempo. Esse foi o erro. Se tivessem gritado logo que ela desapareceu, talvez as coisas tivessem se invertido, era o Instituto que estaria acionando a reitoria, exigindo que botassem pra fora aqueles filhos da puta do DOI-Codi que estão instalados lá dentro, e não o jurídico pressionando o departamento. Toda essa conversa fiada do processo, falando em "conjunto probatório", fiando-se na mensagem do Falcão. Até a Folha já publicou a lista dos vinte e dois desaparecidos incluindo a professora. E eu aqui, sem respaldo de ninguém, tendo que participar desta farsa. Devia ter faltado, inventado uma desculpa e faltado. Por que não se levantam todos e dizem não? É um acinte, sequestram a pessoa e ainda a acusam de faltar ao emprego.

O físico Newton Bernardes também não fala. Talvez por causa de um raciocínio frio do tipo:

Não sei em que essa menina estava metida. Nunca quis se abrir comigo e nem eu quis perguntar. Desconfio que é coisa pesada, Esquerdismo inútil, falta de visão estratégica. Mesmo assim, é claro, temos que ser solidários e denunciar a repressão. O problema é a situação neste conselho, neste Instituto. Não tem sentido se queimar num caso individual. Nossa luta tem um horizonte mais amplo, um valor estratégico. É um erro e é uma pena. Mas na correlação de forças dada, um voto contrário, isolado, nada vai resolver e ainda vai prejudicar a nossa causa.

O professor Giesbrecht explica a todos os presentes que a comissão decidiu segundo o conjunto probatório, como está no relatório, e deu maior peso à declaração do ministro Armando Falcão de que não consta registro de a professora ter sido presa.

Passou-se à votação secreta do relatório propondo a demissão da professora. Foi aprovado por treze votos favoráveis e dois votos em branco e assim encaminhado ao magnífico reitor, Orlando Marques de Paiva. Dois dias depois o desligamento da professora foi publicado no *Diário Oficial* por ato do senhor governador do estado, Paulo Egidio Martins, outro que nunca se desculpou.

As ruas e os nomes

O loteamento ficava num fim de mundo, terrenos baratos para estimular a autoconstrução de modo a valorizar terras do mesmo dono mais próximas ao centro, depois de os moradores conseguirem água, luz e ônibus. Ali, um projeto de lei de um vereador de esquerda deu a cada rua o nome de um desaparecido político, quarenta e sete ruas, quarenta e sete desaparecidos políticos.

O próprio vereador espetou estacas nas interseções principais das ruas ainda mal demarcadas e nelas pregou as placas azuladas com os nomes dos desaparecidos políticos. Só os nomes, sem indicação de data de nascimento, nem, obviamente, de morte.

Os familiares, não mais que quinze, a maioria de São Paulo, reuniram-se defronte ao Hotel Glória, de onde seguiram num micro-ônibus até o loteamento do outro lado da ponte Rio-Niterói. Foi uma viagem demorada. Embora exausto, cansado de tudo, até de viver, K. decidira participar da homenagem à filha e ao genro.

Na chegada, houve uma pequena cerimônia. O vereador discursou enaltecendo os que lutaram contra a ditadura e anunciando o início de uma nova ordem de valores. A homenagem aos desaparecidos políticos em placas de rua tinha a função pedagógica de lembrar às futuras gerações a importância da democracia e dos direitos humanos. Foi uma fala bonita, pensou K.; discurso e placas procurando atribuir ao desperdício de tantas vidas um significado posterior.

Em nome dos familiares falou uma senhora idosa de cabelos brancos. K. não gravou seu nome, mas não esquecera sua fisionomia desde o dia em que ouvira seu relato ao mesmo tempo amargo e doce do desaparecimento do filho, na primeira reunião dos familiares na Cúria Metropolitana. Ela também falou bonito. De novo amarga e doce ao mesmo tempo. Estavam todos emocionados.

Depois espalharam-se em pequenos grupos munidos de cópias do croqui do loteamento, buscando, cada um, a placa do seu desaparecido. K. custou a encontrar suas placas, a da sua filha e a do genro. Quando as localizou, pediu a um outro participante que as fotografasse. K. não sabia lidar com máquinas de fotografar.

Já baixava a noite quando retornaram. Para trás ficou o único reclame vistoso do lugar, o do loteamento em grandes letras vermelhas contra fundo verde: "Vila Redentora". K. sente-se ultrajado; embora coincidência, era esse o nome dado pelos militares ao seu golpe. Tenta se acalmar. Pondera que o importante era a homenagem aos desaparecidos na denominação das ruas. Demorou, mas veio.

Mas passou a prestar atenção nas placas e indicativos de ruas à medida que o micro-ônibus percorria o caminho de volta. Estranho nunca ter pensado nos nomes das ruas. Quando chegou ao Brasil, curioso, procurava saber de tudo. Depois se acomodou. Até acontecer o que aconteceu.

Rua Fernão Dias, diz uma placa. Onde mora, em São Paulo, também há uma rua com esse nome; disseram-lhe que foi um famoso caçador de índios e escravos fugidos. Percorreram algumas ruas com nomes que ele desconhecia. Depois, para espanto de K., uma avenida General Milton Tavares de Souza.

Esse ele sabia muito bem quem foi: jamais esqueceria esse nome. O filho do farmacêutico falara dele. Dom Paulo também. Foi quem criou o DOI-Codi, para onde levaram o Herzog e o mataram. Esse foi o Lavrenti Béria* desses canalhas, o Hímmler brasileiro, dizia que para matar subversivos valia tudo; e tem nome de avenida. Avenida principal. Onde já se viu uma coisa dessas? Um vilão, *"a menulveldiker roitsech"*, ele blasfema em iídiche.

Tomado pela indignação, K. agora perscrutava cada placa e escandalizou-se ao deparar com o nome Costa e Silva na ponte Rio-Niterói. Incrível, uma construção majestosa como essa de quase nove quilômetros com o nome do general que baixou o tal do AI-5. Na Polônia davam o nome de reis e marechais às avenidas, em todo lugar Pilsudsky e Marzalkowska,** mas esse foi o unificador da Polônia, um herói, não um vilão. Imaginem se na Alemanha dariam a uma rua o nome de

---

* Chefe da polícia secreta soviética no seu período mais feroz.
** Marzalkowska deriva de Marechal, outra forma de homenagear Pilsudsky.

Goebbels* ou nos Estados Unidos o nome de Al Capone; ou se na Lituânia os litvakes homenageassem o enforcador Muravyov com nome de rua.**

O problema, reflete K., é quando o personagem é herói para uns e vilão para outros, como o Bogdan Khmielnitzki,*** que comandou os pogroms na Ucrânia, tido pelos ucranianos como herói, vai ver que por isso mesmo; tem até cidade com seu nome. K. está revoltado. Ainda vitupera mentalmente quando atingem no centro do Rio a grande avenida Getúlio Vargas. Esse era civil. K. até chegou a simpatizar com ele — o pai dos pobres dos seus primeiros anos de Brasil. Mas foi ditador e seu chefe de polícia, o Filinto Müller, um sanguinário. Matou e torturou muita gente. Só faltava uma rua Filinto Müller. Vai ver, em algum lugar tem, pensou K.

Como foi possível nunca ter refletido sobre esse estranho costume dos brasileiros de homenagear bandidos e torturadores e golpistas, como se fossem heróis ou benfeitores da humanidade? Ele tanto escrevera sobre o modo de viver dos brasileiros, mas nisso não havia reparado. Em outros países, fazem hoje o oposto. Em Varsóvia trocaram o nome da tradicional rua Gesia para Anielewicza,**** em homenagem ao herói do levante do Ghetto. É verdade que mantiveram o nome

---

* Joseph Goebbels, ministro da Propaganda de Hitler.
** Mikhail Muravyov-Vilensky (1796-1866), militar russo que reprimiu a rebelião polaco-lituana de 1863, mandando enforcar centenas de pessoas.
*** Bogdan Khmielnitzki (1595-1657) liderou a revolta dos cossacos ucranianos contra o domínio polonês, massacrando os judeus nesse processo.
**** Mordechai Anielewicz foi o líder do levante do Ghetto de Varsóvia.

daquele fascista e traidor Roman Dmowski* numa rotunda, mas isso decerto vai mudar. Os franceses, ele lera no jornal, estão tirando o nome do Pétain de suas ruas, depois de descobrirem que durante a ocupação ele aprovou a deportação de setenta e seis mil judeus, inclusive seis mil crianças, para Drancy e de lá aos campos da morte para serem exterminados, dos quais menos de três mil sobreviveram.

No ônibus para São Paulo acalmou-se um pouco; a principal autoestrada do país se chama Via Dutra e esse, pelo que ele sabia, foi um presidente democrata, embora também general e também antissemita. Cassou os deputados comunistas e dificultou a entrada dos refugiados da guerra judeus, embora não a dos *Volksdeutsche*.** Mas não matou nem desapareceu com ninguém, que se saiba.

Ao se aproximar de São Paulo, o ônibus passou debaixo de uma ponte que trazia a placa viaduto General Milton Tavares. De novo esse criminoso. K. passara muitas vezes debaixo daquela ponte, sem prestar atenção ao nome. Centenas de pessoas passam por aqui todos os dias, jovens, crianças, e leem esse nome na placa, e podem pensar que é um herói. Devem pensar isso. Agora ele entendia por que as placas com os nomes dos desaparecidos foram postas num fim do mundo.

---

* Principal político da direita polaca no período entre as duas guerras mundiais, antissemita e social-darwinista.
** Minorias étnicas de fala alemã que viviam em países do Leste Europeu.

Sobreviventes, uma reflexão

Embora cada história de vida seja única, todo sobrevivente sofre em algum grau o mal da melancolia. Por isso, não fala de suas perdas a filhos e netos; quer evitar que contraiam esse mal antes mesmo de começarem a construir suas vidas. Também aos amigos não gosta de mencionar suas perdas e, se são eles que as lembram, a reação é de desconforto. K. nunca revelou a seus filhos a perda de suas duas irmãs na Polônia, assim como sua mulher evitava falar aos filhos da perda da família inteira no Holocausto.

O sobrevivente só vive o presente por algum tempo; vencido o espanto de ter sobrevivido, superada a tarefa da retomada da vida normal, ressurgem com força inaudita os demônios do passado. Por que eu sobrevivi e eles não? É comum esse transtorno tardio do sobrevivente, décadas depois dos fatos.

No filme *A escolha de Sofia*, uma polonesa é obrigada pelo ocupante nazista a escolher qual dos seus dois filhos ela prefere que sobreviva: o menino ou a menina? Se fosse judia não teria escolha, iriam os dois para o crematório; sendo polaca o guarda inventa um novo jogo, que a mãe faça a escolha, caso contrário as duas crianças serão mortas. *A escolha de Sofia* tornou-se expressão de uma escolha impossível, na qual todas as opções são igualmente dolorosas.

Mas a pergunta a ser feita é por que o soldado alemão decidiu submeter a mãe ao tormento da escolha quando era mais simples matar logo as duas crianças e também a mãe, ou ele próprio decidir qual delas matar e qual poupar? Sadismo? Talvez. Mas um sadismo funcional, porque através desse mecanismo o criminoso transferiu à mãe a culpa pelo filho morto. Não foi ela quem escolheu? Esse sentimento de culpa vai se apossando da alma da mãe no decorrer dos anos até que já anciã, sobrevivente de guerra vivendo na América, Sofia se suicida, não suportando mais a carga de uma culpa que nunca foi dela.

A culpa. Sempre a culpa. A culpa de não ter percebido o medo em certo olhar. De ter agido de uma forma e não de outra. De não ter feito mais. A culpa de ter herdado sozinho os parcos bens do espólio dos pais, de ter ficado com os livros que eram do outro. De ter recebido a miserável indenização do governo, mesmo sem a ter pedido. No fundo a culpa de ter sobrevivido.

Milan Kundera diz que Kafka não se inspirou nos regimes totalitários, embora seja essa a interpretação usual, e sim na sua experiência familiar, no medo que tinha de ser julgado negativamente pelo seu pai. Em *O processo*, Joseph K. examina seu passado até os ínfimos detalhes, em busca do erro escondido, da razão de estar sendo processado. No conto "O veredicto", o pai acusa o filho e ordena-lhe que se afogue. O filho aceita a culpa fictícia e vai se atirar ao rio tão docilmente quanto mais tarde Joseph K. vai se deixar executar, acreditando que de fato errou, pois disso era acusado pelo sistema. Como Sofia, que no fim se matou.

Também os sobreviventes daqui estão sempre a vasculhar o passado em busca daquele momento em que poderiam ter evitado a tragédia e por algum motivo falharam. Milan Kundera chamou de "totalitarismo familiar" o conjunto de mecanismos de culpabilização desvendados por Kafka. Nós poderíamos chamar o nosso de "totalitarismo institucional".

Porque é óbvio que o esclarecimento dos sequestros e execuções, de como e quando se deu cada crime, acabaria com a maior parte daquelas áreas sombrias que fazem crer que, se tivéssemos agido diferentemente do que agimos, a tragédia teria sido abortada.

Por isso, também as indenizações às famílias dos desaparecidos — embora mesquinhas — foram outorgadas rapidamente, sem que eles tivessem que demandar, na verdade antecipando-se a uma demanda, para enterrar logo cada caso. Enterrar os casos sem enterrar os mortos, sem abrir espaço para uma investigação. Manobra sutil que tenta fazer de cada família cúmplice involuntária de uma determinada forma de lidar com a história.

O "totalitarismo institucional" exige que a culpa, alimentada pela dúvida e opacidade dos segredos, e reforçada pelo recebimento das indenizações, permaneça dentro de cada sobrevivente como drama pessoal e familiar e não como a tragédia coletiva que foi e continua sendo, meio século depois.

No Barro Branco

De que valem mil mortos por dia?
Morre de vez, em paz encerra tua agonia

H. N. Bialik

K. conhece o quartel há mais de cinquenta anos. Nunca imaginou que um dia ali entraria carregando pacotes de cigarros para presos políticos. Quando chegou ao Brasil, era uma guarnição pequena, encarregada da invernada na qual a Força Pública criava seus garbosos cavalos alazão. Quase diariamente K. percorria com sua charrete de mascate a estrada de terra que atingia a invernada pelo lado oposto ao da guarnição. Conhecera alguns praças e o comandante, tenente Júlio.

Não havia, então, lojas como hoje, e os ônibus para o centro só passavam pela avenida Cantareira, a única asfaltada. As mulheres apreciavam as visitas do mascate, com seus panos bonitos, blusas e camisolas, que vendia a prestação. Fascinava--o essa freguesia; os quintais com jabuticabeiras, as portuguesas em suas hortas de couve, as mulatas; na Polônia nunca havia visto uma mulata. Ouvia suas histórias sem se importar se nada compravam.

Voltava regalado de maços de couve e cachos de banana. Mal desatrelava a égua, repassava com o irmão mais velho, na casa vizinha, as peripécias do dia, os tipos que conhecera e suas histórias. Depois escrevia, tudo em iídiche, e publicava nos jornais iídiches de São Paulo, de Buenos Aires, até de Nova York. Assim se tornou conhecido pelos judeus do Bom Retiro. Um deles lhe arranjou o sócio com capital para montar a loja. K. entrou com a freguesia.

Já então havia mais ruas asfaltadas. Eram os fregueses que iam à loja. Comparavam o K. de antes do sumiço da filha com o K. de depois e se condoíam. Antes, K. queria ouvir suas histórias. Agora eram eles que tinham que ouvir seu lamento. Um deles, o sargento Ademir, de família de fregueses antigos, revelou a vinda dos presos políticos ao Barro Branco. Eram quase trinta, disse. Quem sabe algum deles sabe o que aconteceu? O comandante, o coronel Aristides, era seu cunhado, talvez deixasse o velho visitar os presos, conversar com eles.

O comandante autorizou, embora o regulamento não permitisse, porque K. não era parente de nenhum deles. E ali estava K., ansioso, num sábado de sol quente, com seus pacotes de cigarros e barras de chocolate. Construções grandes, que ele não conhecia, ocupavam parte da antiga invernada. Ali é o Hospital da PM, explicou o sargento Ademir, que o acompanhava, apontando para o edifício maior, de dois pavimentos.

O presídio ficava adiante, quase no limite do grande pátio. Era a prisão da própria PM — explicou o sargento —, onde encarceravam policiais infratores. Uma ala, semi-isolada, fora separada para os presos políticos.

A cada passo em direção a essa ala K. retrocedia na memória aos tempos de sua própria prisão na Polônia. Lembrou-se novamente de quando o arrastaram acorrentado pelas ruas de Wloclawek para humilhá-lo perante os comerciantes. Agora também se arrastava, alquebrado, embora sem correntes. Sentia-se muito cansado. Haviam se passado catorze meses da impensável desaparição da filha.

No Brasil ligara-se ao mesmo partido sionista de esquerda que ajudara a fundar na Polônia, motivo de suas duas prisões na juventude — mas ocupava-se quase que só das atividades culturais, do cultivo da língua iídiche. Tudo o que fizera nesses cinquenta anos não passou de um autoengano, assim ele agora avaliava. Seus livros, suas novelas, seus contos, seu fascínio por esse fim de mundo que acabou por engolir sua filha.

Sentia a perda prematura da filha como punição, por seu coração estar sempre na literatura, nos amigos escritores. O filho mais velho logo o repudiou. Partiu ressentido e nunca se reconciliou com o pai. K. não soubera lidar com sua rebeldia, suas molecagens na escola. O outro filho era o bem-comportado, mas ensimesmado, falava pouco e também se foi.

K. se apegara à filha. Tudo o que não dera aos dois filhos homens e à mulher doente de câncer, passou a compensar com a filha. Mas agora ele vê que essa devoção à filha já era uma armadilha do destino, a tragédia em andamento, primeiro fazendo-o ligar-se ainda mais a ela para só depois a sacrificar.

K. agarra com força a sacola com as caixas de cigarros e as barras de chocolate. Estão se aproximando da ala semi-isolada dos presos políticos. O sol o incomoda. Transpira profusamente pela testa, pelo rosto todo. Tira do bolso um lenço com a mão esquerda e enxuga-se. Então se lembra da primavera quente polonesa em que a mãe lhe foi levar na prisão as comidas do Pessach. Eram dez irmãos, vivendo no limite da miséria, mas a mãe, infatigável, nunca deixou de lhe levar nos dias de visita um pão ou um ovo cozido e nos dias de festa uma comida especial.

Naquela prisão polonesa ele descobriu a importância dos cigarros e barras de chocolate. Era o que ele trazia agora, aos presos do Barro Branco. Levava na sacola a sua identificação, a sua memória, a sua prestação de contas; um ciclo de vida se completava, o fim tocando o início e no meio nada, cinquenta anos de nada. K. sentia-se muito cansado. As pernas fraquejando, uma sensação de tontura. Chegou ao pavilhão amparado pelo sargento.

Os presos já o esperavam; todos homens e a maioria jovens. Estavam bem vestidos, barbeados. Mas K. adivinhou pela dureza dos semblantes que estavam encarcerados havia muito tempo. Conhecia esse olhar, que não se confunde com nenhum outro. Era o seu olhar de cinquenta anos atrás.

O sargento explicou que depois de uma greve de fome os presos conseguiram um tratamento melhor, podiam circular pelo pavilhão, haviam organizado uma cantina coletiva, tinham aulas de um monte de coisas. Muitos deles eram professores. Depois dessa explicação, o sargento se foi.

Armaram uma roda de cadeiras, K. sentou-se à frente. Depositou no piso a sacola e começou logo a contar a história que já havia repetido tantas vezes. Mas era como se a contasse pela primeira vez. Fitava um preso, depois outro. Tropeçava nas palavras. No meio da fala saíam palavras do iídiche.

Repetia como um refrão, *mein tiere techeterl*, minha filhinha querida. Sentia de volta o sotaque dos primeiros dias de Brasil.

Os presos ouviam em silêncio, de olhos fixos no rosto afogueado de K., como que hipnotizados pelas órbitas intumescidas de seus olhos vermelhos e úmidos. Muitos nunca mais esqueceriam aquele momento. O sofrimento do velho os impressionava. Um deles, Hamilton Pereira, descreveria décadas depois "o corpo devastado de um ancião, sustentado por dois olhos — duas chamas — que eram a encarnação do desespero".* Alguns conheceram sua filha e o marido, eram da mesma organização clandestina; todos conheciam a história, inclusive quem os havia delatado. Sabiam que já estava morta havia muito tempo.

De repente, K. começou a soluçar. Os presos mantiveram silêncio. Os olhos de alguns deles se umedeceram. K. curvou o dorso para a frente e levou as mãos ao rosto. Não conseguia estancar os soluços. Não tinha força para nada. Sentia-se muito cansado. Então se curvou um pouco mais e tentou distribuir os pacotes de cigarros, as barras de chocolate, que estavam no chão, talvez para dissipar o choro.

Nesse momento ele caiu.

Os presos da frente acorreram assustados. Sem largar o pacote de cigarros, que agora agarrava teimosamente com a mão esquerda, K. estirou-se no chão, respirando pesado. Três deles o ergueram bem devagar por baixo do dorso, e assim, na horizontal, o levaram para a cela adjacente, deitando-o num dos beliches.

---

* Pedro Tierra, *Poemas do povo da noite*. São Paulo: Editora Fundação Perseu Abramo, 2009.

K. manteve os olhos fechados por quase dez minutos, sempre respirando fundo, o peito arfando. Depois suas pálpebras se abriram e ele percebeu ao seu redor os presos políticos; avistou atrás deles, no alto da parede dos fundos, a familiar janelinha gradeada da cela trazendo de fora promessas de sol e liberdade. Sentiu-se em paz. Muito cansado, mas em paz. Estendeu aos presos o pacote de cigarros. Depois, suas mãos se abriram e seus olhos se cerraram.

Mensagem ao companheiro Klemente

Klemente

Não sei se ainda devo te chamar de companheiro depois de dizeres ao grupo de Paris que a Organização não existe mais. Poderia interpretar tua declaração como um truque para despistar a repressão. Mas soubemos que ao mesmo tempo você se aproximou do Partidão.

Pois saiba que, para a repressão, a Organização não morreu. Continuam nos caçando. Na última semana, cinco companheiros de diferentes organizações — inclusive o nosso Yuri — desapareceram depois de capturados. Agora todos os que caem somem por completo. Já são quarenta e três os desaparecidos este ano, fora os que a gente não sabe.

Está mais do que na hora de reavaliar tudo. O Velho não dizia sempre que não basta saber quem é o inimigo, é preciso saber também qual é o objetivo? Desde o sequestro do Elbrick só perdas e nenhuma reavaliação, nenhuma definição clara de objetivos. Dezenas de quedas de companheiros jovens. Ao mesmo tempo, em vez de mais rigor na segurança, caímos no baluartismo, relaxamos, marcar ponto pelo telefone, um absurdo.

Já suspeitávamos que a ditadura decidira não fazer prisioneiros. Tínhamos que ter analisado; feito a autocrítica, reconhecido que estávamos isolados. Talvez ainda desse para preservar muitas vidas. Em vez disso, decidimos lutar até o fim, mesmo que não desse em nada. Ali começou a insanidade. A coisa religiosa, de "dez vidas eu tivesse dez vidas eu daria". No fundo, entramos no jogo da ditadura de nos liquidar a todos. Senti depois em alguns companheiros um fatalismo mórbido, de que não restava outro caminho senão morrer como o Che.

O Márcio advertiu contra o sacrifício inútil de tanta gente. Disse que caminhávamos para um suicídio coletivo. Lembra? É por causa dele que estou enviando esta mensagem. Ele argumentou que não tinha sentido fazer uma guerra sem apoio de nenhuma classe social, sem ações políticas. E contestou que a Organização estivesse em condições de preparar uma contraofensiva depois da queda do Velho.

O Velho no íntimo já sabia disso antes mesmo de cair, tanto assim que liberou alguns companheiros, aqueles que ele avaliava que tinham a chance de viver uma outra vida. Ele tinha consciência da situação desesperadora. Ao mesmo tempo, como se viu pela forma como ele caiu, já estava se preparando para a morte.

Outro erro foi não distinguirmos entre velhos e jovens. Uma coisa é um comandante que já luta há cinquenta anos, viveu vitórias e derrotas, teve filhos e netos; outra coisa é um jovem de vinte anos, que ainda nem viveu, não sabe de nada. O Velho não se chamava de velho à toa. Tinha cinquenta anos de experiência. Mas insistiu, mesmo depois da morte de Mariga, quando não havia condições objetivas nem subjetivas para um recuo para o campo. O Velho tinha que ter dado a ordem de parar. E o momento de dar a ordem era aquele.

O que mais me impressiona hoje é a nossa perda gradativa da

noção de totalidade, não ver o todo. E ao não ver o todo, não ver as relações entre as partes, as contradições, as limitações. Ficamos cegos; totalmente alienados da realidade, obcecados pela luta armada.

Você sabe, o Mariga foi o grande líder, quem dava a linha, mas era o Velho quem articulava, ele não participava dos grupos táticos, mas era quem amarrava tudo. Com a queda dele, não tinha nenhum sentido continuar. Foi o que pedimos para o Márcio transmitir ao comando. A resposta foi a rejeição da nossa proposta sem nenhum argumento, sem nenhuma diretiva nova. Uma irresponsabilidade.

Quando o Velho foi a Cuba discutir com os companheiros, depois da morte do Mariga, ficou claro que a luta armada tinha se esgotado. Falou-se em reconstruir a ação política, ir às fábricas, abandonar o modelo de revolução cubana que não servia para o Brasil. O Zaratini expôs isso no documento que a direção nacional recebeu, assim como muitos de nós. A dissidência se posicionou pela desmobilização, desaparecer, sumir do mapa, ante à brutalidade da repressão. O Aluysio também disse a ele em Paris que era preciso parar. Muitos disseram. Mas ele insistiu na proposta irreal de ofensiva urbana tática para manter a chama e ao mesmo tempo preparar bases rurais para uma luta estratégica de longo prazo. Sempre as mesmas palavras bonitas, tática e estratégia, mas sem base na realidade.

Ao mesmo tempo, ele já suspeitava de que havia infiltração. Que havia um traidor. De fato havia, mais de um, como hoje a gente sabe. Mas a tese pegou não porque havia provas, ou fatos concretos, pegou por causa das derrotas seguidas. Virou obsessão, substituto para a análise da realidade, virou instrumento de pressão sobre os que começavam a hesitar. Em vez de ser tratada como questão de segurança, virou questão ideológica, pior que isso, questão moral, como se sair fosse o mesmo que trair.

Foi você o principal participante da reunião que decidiu pelo justiçamento do Márcio por suspeita de que ele era o traidor. As últimas quedas provam o que nós já desconfiávamos: o Márcio não era o informante. Ele foi executado porque havia pedido à coordenação nacional que o deixasse se afastar. A Organização mentiu no comunicado. Márcio não foi executado para resguardar a Organização. Foi executado para dar um recado, quem vacilar vai ser julgado como traidor. Ele não havia cometido crime algum. Não havia delatado ninguém. Condenaram pela sua intenção de sair. Tanto assim que o Milton se opôs.

Em vez de liberar o Márcio como ele havia pedido, vocês decidiram pelo contrário e com isso fecharam as portas ao encerramento dessa luta que já estava perdida. Poderíamos ter poupado tantas vidas. Era o que precisava ser feito. Mesmo porque o Tavares que entregou o Velho não era o único informante. Há pelo menos mais um circulando pelos antigos lugares, tentando nos identificar.

Até na Justiça capitalista, quando não há unanimidade não se condena à morte. Vocês condenaram sem prova, sem crime tipificado. Incorporaram o método da ditadura; até a linguagem da polícia; no comunicado a Organização chama Márcio de "elemento". Depois vocês executaram o Jaime, mesmo ele revelando à direção tudo o que havia contado à polícia sob tortura. Aí, o recado era que quem abre, mesmo sob tortura, é um traidor. Como se fosse possível julgar quem foi torturado. Criaram um tabu em torno do assunto. Incorporaram o método do terror da própria ditadura. Depois foi a vez do Jacques, que também abriu sob tortura e também procurou a direção depois para alertar. Três execuções. Quando vocês justiçaram Jacques já haviam se passado dois anos depois das quedas que nos dizimaram.

E V. vai para Paris e diz que a Organização não existe mais. Assim é muito fácil. Claro que não existe mais. Há três anos não existe mais. Mas o que nós fazemos com os documentos? Incinerar tudo?

Como proteger tudo isso? E como impedir que nos matem, mesmo abandonando todos os contatos? Até para deixar de existir a Organização precisa existir, tal é a determinação da repressão de sumir com todos nós. Não sabemos como sair dessa armadilha.

Esta é a última mensagem que V. receberá de mim. É possível que ao recebê-la eu e minha companheira já estejamos mortos. Sentimos que o cerco se fecha. Não tente saber como chegou a V. e nem a guarde. O melhor é que depois de ler você a destrua. Dei cópia aos poucos companheiros que ainda restam, com a mesma orientação.

Rodriguez

Post Scriptum

Passadas quase quatro décadas, súbito, não mais que de repente, um telefonema a essa mesma casa, a esse mesmo filho meu que não conheceu sua tia sequestrada e assassinada; voz de mulher, apresenta--se, nome e sobrenome, moradora de Florianópolis. Diz que chegara havia pouco do Canadá, onde fora visitar parentes e que conversavam em português numa mesa de restaurante quando se aproximou uma senhora e se disse brasileira dando seu nome completo, o nome da tia desaparecida. A voz feminina deixou seu telefone, para contatos.

Não retornei o telefonema. Lembrei-me dos primeiros meses após a desaparição; sempre que chegávamos a um ponto sensível do sistema, surgiam as pistas falsas do seu paradeiro para nos cansar e desmoralizar. Esse telefonema — concluí — é uma reação à mensagem inserida nas televisões há alguns meses pela Ordem dos Advogados do Brasil, na qual uma artista de teatro personificou o seu desaparecimento. O telefonema da suposta turista brasileira veio do sistema repressivo, ainda articulado.

São Paulo, 31 de dezembro de 2010

Agradecimentos

Agradeço aos que me apoiaram com críticas e sugestões: Avraham Milgram; Bernardo Zeltzer; Carlos Knapp, Flamarion Maués, Flavio Aguiar, Venício Lima e Zilda Junqueira; em especial a Dina Lida Kinoshita pela ajuda no uso do iídiche e do mapa das ruas de Varsóvia e a Cláudio Cerri pela ajuda na fala dos Desamparados; à minha mulher Mutsuko, por tudo.

1ª EDIÇÃO [2016] 5 reimpressões

ESTA OBRA FOI COMPOSTA EM MERIDIEN PELO ESTÚDIO O.L.M. / FLAVIO PERALTA
E IMPRESSA EM OFSETE PELA LIS GRÁFICA SOBRE PAPEL PÓLEN DA
SUZANO S.A. PARA A EDITORA SCHWARCZ EM SETEMBRO DE 2025

FSC
www.fsc.org
MISTO
Papel produzido
a partir de
fontes responsáveis
FSC® C112738

A marca FSC® é a garantia de que a madeira utilizada na fabricação do papel deste livro provém de florestas que foram gerenciadas de maneira ambientalmente correta, socialmente justa e economicamente viável, além de outras fontes de origem controlada.